居酒屋兆治

HiTomi
YAmagUchi

山口瞳

P+D BOOKS
小学館

目次

第一話　霧しぐれ

風が吹くと寒い。しかし、兆治《ちようじ》は頸筋《くびすじ》に汗をかいていた。それは、駅前の自動販売機まで煙草を十箇《こ》仕入れに行ってきたからだった。店が空《から》になるので、急ぎ足で行ってきた。歩けば暑いのである。

「厭《いや》な陽気だな……」

モツ焼きの下拵《したごしら》えをしながら、兆治は、そう思っていた。九月の初めだった。梅雨時にも、こんな日がある。兆治は、Tシャツでズボンをはき、前掛けをしめて、うしろむきでモツを切っていた。腕のあたりに総毛立つような感じがあるのだが、頸筋の汗は引かない。

四年前に、この店をはじめたころは、レバーが苦手だった。ぬるぬるしていて摑《つか》みどころがない。しかし、もう、それには馴《な》れた。やはり、ナンコツが大仕事になる。骨すき包丁で、ぶった切るようにしてから錐《きり》で穴をあけ、串《くし》を通すのであるが、ときどき、自分で自分の指を刺してしまう。一昨日《おととい》も、それをやってしまって、兆治は、左手の薬指に指サックをはめている。

モツ屋が材料を持ってくるのが三時前後であって、兆治は、二時半に自転車に乗って家を出ることにしている。夏場は、朝のうちに一度店へ出て煮込みに火を通す。モツを切り、串に刺すという仕事を完全にやりとげるのに三時間半を要する。だから、その仕事が終るのは六時半になるのであるが、どうかすると、五時に客が来てしまうことがある。また、五時になると縄暖簾《なわのれん》をさげ、赤提灯《あかちようちん》に灯をいれることにしている。そういうことだから、五時以降は、注文のあいまあいまを見計らって、客に背を向けて、モツを切るようになる。

「おめえはよう、そうやって、向うばっか向いてるからよう、せっかくの色男がだいなしじゃん。だからよう、このごろ、娘っ子が寄りつかねえって……。そうでもねえか」

すぐに酔ってしまうタクシーの運転手の秋本などは、そう言ってからかうことになる。

最初の客が来ると、兆治は、妻の茂子に電話を掛ける。

「俺だけど……。来てくれないか」

茂子の仕事は主に洗い方になる。茂子も自転車に乗ってくる。兆治の家は近いのである。

モツ焼き以外のメニュー（実際は舌代となっていて、短冊が壁に貼《は》られているのだけれど）は次のようになっている。

煮込み　鮟肝《あんきも》　自家製　塩辛
楽京《らつきよう》　豚足　珍味　鮑《あわび》

博多名物　辛子明太子《からしめんたいこ》
御新香《おしんこ》　冷奴《ひややつこ》　毛呂久《もろきゆう》
もずく　枝豆　チキンロール
いわし丸干　もやし朝鮮漬

一週に一度か十日に一度、隣町の卸売市場へ仕入れに行くのだが、たいていのものは、近所の八百屋、魚屋、マーケットで間にあわせてしまう。

兆治の本名は、藤野伝吉である。しかし、店の名を兆治にしてからは、誰も伝吉とは言わなくなった。

三時半に、豆腐屋の徳島が来た。

「き、き、昨日の江川、見た？」

「見たよ」

兆治は手を休めずに答えた。

「凄《すご》いじゃん？」

「よかったね……」

徳島は小学校の同級生である。同級生のうち、十五、六人が店の客になっていて、兆治はそれを有難いことに思っている。客の半数は、小学校の先輩、後輩になるだろうか。

兆治は、その豆腐を煮込みの鍋《なべ》にいれた。

あのや　こざくらをなーヨ
　ハァ　ヨイヨイ
あのや　こざくらをなー
　　オーサイ
おろうとしたらば　せなかなる
ねんねこさんがナァ　じゃまになる
　オサヤレ　オサヤレ

兆治は少し考えていたが、みなまで聞かずに、地を蹴《け》るようにして表へ飛びだした。

二歳か三歳ぐらいの女の子を背負った女の後姿が見えた。

「さ、さよちゃんじゃねえか……」

大声で言ったつもりだったが、声が掠《かす》れていた。

女が振りむいた。別人だった。そのときになって、兆治は、自分の動悸《どうき》に気づいた。彼は、裸足《はだし》だった。

「すみません」

兆治は頭をさげた。女は驚いたようであるが、すぐに笑った。さよよりも若かった。

いまにも大粒の雨が降りだしてきそうな空模様で、外は暗くなっていた。兆治は遠雷を聞いたように思った。

「すいません……。人違いしちゃって」

こんどは、女のほうで頭をさげた。兆治の顔を見て、安心したようだった。

兆治は板の間《ま》に何度か足をこすりつけてから、もとの丸椅子に坐った。

「いま、『小桜』を歌う女はめったにいないはずなんだが……」

動悸がおさまらなかった。

「土地の人間なら、たいがいは知っているはずなんだが、あれはどこのかみさんだろう」

歌が聞こえてくる。女は引き返してきたようだった。

　じゃまになるならなァ
　　オーサイ
まえにまわして　おちちでものませたら

ナーエ
だまるだろ
オサヤレ　オサヤレ

「おかあさん……」

背中に頬をつけて、目をとじていた女の子が言った。

「その歌、やめてちょうだい」

「……」

「うるさくって寝られやしない」

兆治は、包丁の手をとめて笑った。憎ったらしい子供だった。笑わずにはいられなかった。そのおかげで動悸がやんだ。さよの娘は、もっと幼いはずである。

さよが結婚したのは、十六、七年も前のことになる。相手の神谷久太郎も、兆治の小学校の先輩だった。

もっとも、兆治が小学生だったころは、学校は、街道を越したところにある、その一校だけであって、それは単に小学校と呼ばれていた。この町に古くから住む人は、誰もがその小学校の卒業生になっている。その後、この町は急速に発展して、いまでは小学校は七校に増えていて、昔の小学校は、第一小学校という名称になった。さよも、第一小学校の出身である。

神谷は、このあたりでの地主の長男であり、いまは鉄材関係の仕事をしている。町の人は、久太郎のことを神谷鉄工と呼んでいる。

さよは、結婚して、七年後に子供を産んだ。そうして、子供が生まれて間もなく、神谷鉄工に勤めていた、大学を出たばかりの青年とともに子供を置いて家を出てしまった。そのときになって、あの赤ん坊は、神谷鉄工の子ではないと言いだす人があらわれた。

「さよちゃんは、そんな女じゃない」

と、兆治は思った。しかし、自分の責任であるかのように胸が痛んだ。

「姑《しゅうとめ》に苛《いじ》められて、いたたまれなくなったんだろう」

兆治は、そんなふうに勝手に事件を組みたててみたりした。何か別の原因があったに違いないと思った。

神谷久太郎は、色白で痩《や》せていて、小柄な男だった。小学生のときから眼鏡をかけていた。無口で、いかにも神経質そうに見えた。一人っ子で、母に可愛がられていた。

さよは帰ってこなかった。神谷鉄工は、おふくろがいて、跡取り息子がいれば、そのほうがいいんじゃないかと言う人がいた。多くの人もそう思うようになった。なぜならば、神谷久太郎は、決して再婚の勧めに従うことがなかったからである。彼は、そういう話があるとき、薄ら笑いを浮かべていた。依怙地になっているようにも見えた。冷たい男に見えた。

「だけんどよう、細君に逃げられた男でなくちゃ、神谷鉄工の気持はわかんないんじゃない」

兆治の店の客の一人が言った。兆治は、茂子の前でその話が出るたびに、びくびくしていた。どういう経緯《いきさつ》があったのか、また、どういう事情があったのか、誰も知らないのであるけれど、いつのまにか、さよが神谷鉄工に帰ってきていた。家の恥とか、子供のために、ということがあったのかもしれない。それが三年前のことだった。もしかしたら、久太郎とさよの間は、ずっと連絡がついていて、久太郎が粘り強く説得したのかもしれない。

そのことは、醜聞にはならなかった。むしろ、久太郎の株があがった。辛抱強い男であるといったふうに……。姑も孫のために我慢したと言われた。いちばん辛《つら》いのはさよだろうと誰もが言った。さよは少しも変っていなかった。ただ、以前と較べて、極端に口数が少なくなったと会った人が言った。

さよは、すぐに妊娠した。また、あれは久太郎の子供ではないと言う人がいたが、そのことも、めでたいことのひとつだった。

三ヵ月前、六月の初めのことであるが、神谷鉄工が全焼した。街道に面したところは鉄骨になっているが、裏は昔通りの農家の造りである。だから、三十分も経たずに丸焼けになった。

神谷鉄工では、夕食前に、久太郎の母が最初に入浴することになっている。そのときに出火した。

風呂は五右衛門《ごえもん》風呂であり、薪で焚《た》く。薪のなかに、一本の長い丸太棒があり、さよは、それをそのまま突っこんで食事の支度をしていた。丸太棒が釜《かま》の外まで燃え続け、火が、風呂場の隣の物置に燃え移った。責任はさよにある。類焼はなかったが、簡単な取調べを受けることになるだろうと消防署員が言った。十万円程度の罰金で済むだろうともつけくわえた。

久太郎一家は、近くの親類の家に仮住まいをしていたが、三日目の夕刻、さよは、買物に行くと言って家を出たまま帰らなかった。

警察に捜索願が出された。十日が過ぎても帰らない。

それとは別に、昔の青年会の仲間が集まることになった。さよの立寄りそうな、あらゆる場所を想定し、出かけていったり電話を掛けたりした。この春に、久太郎親子が遊びに行ったという山の茶店まで調べた。三多摩地区のすべての精神科、神経科の病院に電話した。気が狂っているかもしれないと言いだす者がいたからである。また、さよは妊娠三ヵ月であったという。だから、すべての産婦人科の病院に連絡した。一ヵ月が過ぎ、さよらしい女を見かけたという情報が飛びこんでくることもなくなった。青年会の連中の集まりは、自然に消滅した。

「そんなことがあったんじゃあ、とても帰ってこられないだろう」

事情を聞かされた人は、例外なく、そう言った。口には出さなくても、誰でも、最悪の事態（自殺）を考えた。

兆治は、そうは思っていなかった。さよちゃんは、このへんをうろついているはずだと思っていた。

「だけんどよう、おめえ、子供が可哀相でよう。上の子が小学校の三年生か、下の娘は、まだ二歳だぜ。この二人がよう、夕方の四時だか四時半だか、さよちゃんが買物に行くって出かけた時間になると、通りへ出て待っているっていうんだから」

その話になると、兆治の店は静かになってしまう。

「いまだにか？」

「おう。いまだって、そうだって言うぜ。毎日だって……」

兆治がさよを知ったのは、青年会の集まりがあったからである。兆治は二十一歳で、電気学校へ通っていた。さよは十六歳だった。

青年会の主な仕事は、盆踊りと、秋の天満宮の大祭の準備である。あとは週に一度、集会所に集まって雑談するだけである。

いま、この町に青年会はない。それは、ドライブとかゴルフとかディスコとか、いろいろな遊びでいそがしくなったからだ、と、もとの青年会の連中は考えている。
さよは、軽度の兎唇《みつくち》で、唇の上が赤く痼《しこ》ったようになっている。色が白いので、余計にそこが赤く見えた。笹の葉のような眉は下がり気味で、目が大きかった。鼻の下や頬に、うっすらと産毛《うぶげ》が生えている。一見してポッチャリ型に見えるのであるが、実際は驚くほど肌理《きめ》が細かくて、どの部分もすべすべしていた。兆治はそのことを知っていたし、それは彼を大いに喜ばせた。

集会所から帰るとき、兆治とさよは、手をつないで歩くようになった。周囲はほとんどが農家である。街道に出るまでの暗い曲りくねった道を歩くときは、そのほうが自然だった。欅《けやき》や楠《くすのき》の大木が道におおいかぶさっていた。

エゴノキの花が道に散り敷かれていた。さよは、歩くのをやめて、空を見た。それは、兆治には、何かを催促している形のように思われた。また、彼自身、何か、わけのわからないものにつきあげられているように感じた。

兆治は、片方の手で、さよの顎《あご》に触れた。その手を頬に這《は》わせた。産毛のせいで、いくらかざらざらしているのが意外だったが、兆治の掌は少女の頬の弾力も感じとっていた。

「俺、ここをさわってみたかったんだ」

声が震えた。

自然に、二人は向きあうことになった。兆治は、自分の額《ひたい》をさよの額に押しつけた。そこは、冷たかった。鼻梁《びりょう》と鼻梁が触れた。

兆治は、そうしなければ卑怯《ひきょう》だと思った。彼は、さよの鼻の下に唇を押しつけた。そうして、そこを噛《か》んだ。そこは固く痼っていた。さよは、兆治の行為の意味を知ったとき、体を痙攣《けいれん》させた。膝《ひざ》から崩れそうになり、逃げようとした。兆治は両手をさよの腰に廻して、持ちあげるようにした。

そうやって、二人の関係が進んでいった。誰にも知られなかった。

さよが十八歳になったとき、神谷鉄工から縁談があった。兆治は身を引くことにした。さよは、二十歳になって、神谷久太郎と結婚した。兆治は、これは、ごくありふれた事件だったと思うことにした。それは、兆治が、大企業のひとつである弱電メーカーの下請け会社（電気工場）に勤めたばかりの頃だった。自分には将来の見通しが立たないし、まだ若いと思っていた。

五時になった。兆治は、そろそろ縄暖簾をおろし、赤提灯をさげ、灯をいれようかと思った。

しかし、考えなおして、シロとコブクロをやってしまうことにした。

店のなかが暗くなっていた。兆治は、裏の入口から外を見た。霧がたちこめている。

「こいつは、いけねえや」

自転車に乗ってくる茂子のことを思った。雨になったら、今日は来なくてもいいという電話を掛けようと思った。

このあたり、駅に近い路地ということで、同業の店が三軒、寿司《すし》屋が二軒、カラオケ酒場にきりかえた小料理屋、洋食屋、スナック・バーなどが建ち並んでいる。ものの匂いが、いりまじって流れこんでくる。ほとんどの店が、まだ、灯をいれていない。

兆治は、背後に人の気配を感じた。表の硝子《ガラス》戸は明けはなしになっている。

「あいすいません。まだなんです」

兆治は、ある程度の串が出来ないうちは、客をいれないことにしていた。枝豆でビールを飲むだけの客もいるのだけれど、自分の店はモツ焼き屋だと思っていた。十日間だけ修業した、兆治が師匠と呼んでいる、国電のほうのガード下の松川にも、今日これだけ売ってしまおうと思っている串を刺してしまわなければ、店をあけてはいけないと教えられていた。

その人は帰っていったようだ。馴染《なじ》みの客なら、声をかけるはずである。

「あいすいませーん……」

兆治は、うしろむきのままで叫んだ。

一日に、二万円の売りあげがあればいいと思っていた。それ以上、欲をだすと、ロクなことはない。赤提灯で終りたいと思っていた。どう間違っても、松川より大きな店にしてはいけない……。

二万円の売りあげがあったとき、兆治も茂子も、店を片づけはじめる。残っている親しい客があれば、自分も一緒に飲むことにしている。それ以後はサービスにしてしまう。あるいは、茂子と二人で、オデンや焼き魚を買ってきて、そこで夜食を摂《と》ることもあった。

杏《あんず》の花の香りが漾《ただよ》っているように感じた。兆治は、ふりむいた。さよが坐っていた。暗がりに白い顔が浮きあがって見えた。

どうしていいか、わからなかった。

「やあ、おかえんなさい」

落ちつかなければ駄目だと思った。さよは、大きな目で兆治を睨《にら》むようにした。それは普通りだったのだけれど、いやに蒼白《あおじろ》い顔をしていて、髪も乱れていると思った。

「あっちへは、寄ったんですね」

つとめて、軽く、明るい感じで言ったつもりだった。さよは、それには答えなかった。

兆治は、仕事を続けることにした。それが一番いいと思った。その間に、どうすればいいかを考えよう。かまわずに、さよに話し続けよう。

「ずいぶん、心配しましたよ」

「……」

「でも、無事でよかった」

「………」

手が自然に動いていた。

「青年会の連中がね……」

それを遮るようにして、さよが言った。

「変な人ねえ、伝吉さんて。あいすいません、だなんて、あたし、ずっとここにいたのよ」

甘ったれるような声だった。

「あいすいません」

「また、言った」

さよが笑った。兆治は笑えなかった。

「ここの店、初めてでしょう。こんなことやってるんです」

「伝吉さん、あんたが悪いのよ」

「………」

「あんたが意気地なしだったから、いけなかったのよ」

「青年会の連中、よくやってくれましたよ。モッちゃんとかデコスとか五十嵐《いがらし》のガラとかね、それから、山田君ね」

「……」

「おうち、立派になったでしょう。あと一ヵ月で、あらまし出来るって。かえって良かったなんて、みんな言ってますよ。保険金もおりたし」

「……」

「なんせ、軽鉄骨はお手のもんだし、すっかり立派になって、広くなっちゃった。心配することは何もありませんよ」

兆治は言葉を選んでいるつもりだった。注意していた。

「さよちゃんのお手柄だなんて言う人もいるんですよ。酒井のやつね、ほら、あのシャンソンのうまい、青年会でいつも『枯葉』を歌った、渾名《あだな》がワキメの、あの酒井の奴がそう言ってました。怪我人もなし、類焼もなし。こういうの、珍しいんだって」

「……」

あと、コブクロを二本つくればいい。

「これ、なんだか、わかりますか」

兆治は、二本の串を持って、ふりむきざま、さよの手を引っ掴むつもりでいた。

さよがいなかった。兆治は、店を見廻し、体をのばして、カウンターの下を見た。それから、あわてて、店を飛びだした。

左へ行けば駅、右へ行けば線路を越して街道筋に達することになる。

兆治は駅に向って走った。霧しぐれとでも言うのだろうか、一面に水気が立ちこめている。二十メートル先きは、ぼんやりとしている。

「さよちゃーん……」

駅のロータリーに人影が無い。兆治は引き返して、店の前を通り過ぎた。

「俺は、また、ドジを踏んだ……」

兆治は、足を地面に叩きつけるようにして駈けた。

頬が濡れていた。霧のせいだろうか、涙が流れているのだろうか。

「さよちゃーん……。どこにいるんだ」

兆治は踏切を渡り、街道筋をめがけて疾走していた。右手に二本の串を持ったまま走っていた。

第二話　身を秋風

十月になると、自転車のペダルを踏む足の感触が違ってくる。何か固い感じがする。それは悪くない。夜もよく眠れるし、働きやすい時候になったなと思う。

兆治は、店へ出るとき、第二団地と第三団地の間にある公園を突っ切ってゆく。野球場があり、その隣が、野球場の半分ぐらいの広さの林になっている。そこに、藤棚、ブランコ、滑り台、ジャングルジム、砂場などがある。また、その一角が、小さな児童図書館になっている。

「堀江さんだな……」

藤棚の脇のベンチに黒い人影が見える。遠くのほうからでも、それがわかった。樹木の関係で、人影は、見えたり隠れたりする。兆治は自転車の速度をゆるめた。

堀江は、国電の駅の向う側にある生命保険会社に勤めている。兆治の店は、急行の止まらない私鉄の駅の近くにあるのだが、堀江は、どっちを利用しても同じくらいの時間で家に着くと言っていた。彼は、兆治の客であり、そうなってから、定期券を私鉄のほうに変えてしまった。

堀江が、藤棚の脇のベンチに腰かけているのを最初に発見したのは、茂子だった。兆治は、二時半に家を出る。茂子のほうは、母親と子供たちの夕飯の支度をすませて、兆治から電話の掛かるのを待っている。最初の客が来たときに、兆治は、小さい声で、家へ電話をする。だから、茂子が家を出るのは、たいていは五時過ぎで、どうかすると六時になる。

夏の五時は、まだ、明るい。茂子は、坐っている堀江を見た。そうすると、堀江は、二時ごろから五時半ごろまで、そこにいるのだろうか。

茂子は、一度だけ、堀江に声をかけた。

「堀江さん、あたしだっていうことに気がつかなかったのかしら。何だか変なのよ。気がつかないなんてことはないはずなのにね……。だって、あたし、兆治ですって、はっきり言ったのよ」

それを聞いてから、兆治は、堀江に気づかれないように、そこを通るようにしている。そっぽを向いて、音をたてないように、ゆっくりと自転車を走らせる。

やっぱり、それは、堀江だった。いまどき珍しく、黒のソフトをかぶり、黒っぽい背広を着ている。ベンチに置いた見憶《みおぼ》えのある鞄《かばん》に左手を触れている。堀江の恰好《かっこう》は、考えこんでいるようでもあり、放心している姿にも見えた。

「堀江さんがね、あそこに坐っているのは、土曜日なのよ。いつも、きまって……」

と、茂子が言った。茂子は、鼻がつまったような、風邪をひいているような、それでいて、ややカン高い声で喋《しゃべ》る。兆治は、ときどき、さよは嗄《しゃが》れ声だったなと思うことがある。

「あんた、探偵がやれるね」

「そうじゃないのよ。土曜日は、道子が早く帰ってくるでしょう。道子が帰るのを待って買いものに行くのよ。そうしたら、堀江さんがいたのね。そういうことが、二度か三度かあったのよ。変だと思ってね。でも、堀江さんの会社、土曜日は半ドンじゃないのかしらね」

「あ、そうか」

しかし、兆治は、自分の経験で、たとえ、半日出勤の土曜日であっても、一時か二時ごろまでは、なんとなく会社で過ごしてしまうものだということを知っている。特に、堀江の年齢の男の社員がそうだ。

兆治は、ベンチに坐っている堀江を見ると、なにか身が引き緊《しま》るような思いをすることがある。自分も、そんな状態でいたことがあったような気がしてくる。堀江が何を考えているのかを知らないし、会社員としての自分は、ただがむしゃらに働いていただけだと思うのであるけれど……。

兆治は、林のなかを、ゆっくりと走ってゆく。しかし、心のなかでは、早くそこを通り過ぎてしまいたいと思っている。

「おめえもよう、わからねえ男だな」

河原が、いきりたっている。河原は、タクシー会社の副社長である。

「俺もよう、ずいぶん、大勢の男を見てきたけんどよう、おめえみたいなわからずやに会ったことねえな」

兆治は、うしろを向いて、ツナギを切っていた。タン（舌）からハツ（心臓）までの部分であるが、ナンコツ（食道）もレバー（肝臓）も、そこに繋《つな》がっている。ツナギをツルシと言う人もいる。

「おめえはよう、何か気に喰わねえことがあると、そうやって、むこうを向いちまうんだから」

河原は、第一小学校で、三年先輩だった。小学校のときから餓鬼大将で、そういった気性は、すこしも変っていない。日に焼けた顔が、さらに赤くなっていて、額《ひたい》に汗をかいている。目つきが、もう、尋常ではない。

兆治は、ツナギを、すべて串《くし》に刺して、ステンレスの皿に盛り、それを冷蔵庫に収めてから河原の前に立った。茂子は、親類に不幸があって、店を休んでいる。

「ごめんなさい」

兆治の目もうるんでいる。

「ごめんなさいって、何だい」

「……」

「俺はおめえにあやまってもらいたいなんて思ってるんじゃねえよ。おめえのためを思ってやったことなんだよ」

「わかっています。ですから、さっきも言った通り……」

「さっき、何て言ったんだよ。聞こうじゃねえか」

河原には、ほかの客に聞かせているようなところがあった。顔見知りの客ばかりである。兆治は、注文を受けて、串を焼いていた。

兆治は、四年前に、ここに店を出した。路地に面している物置を改造して、便所をつけたものである。それが二年契約だった。さらに、二年延長してもらった。その契約が切れる三ヵ月前に、家主から約束通りに立ち退くようにという申しいれがあった。それを無理に頼みこんで、あと一年だけ延ばしてもらった。兆治の店は、来年の六月一杯で、ここを出なければならない。

河原が土地を探してきてくれた。それは、国電の駅に近い商業地区で、地主は、市会議員の植村である。もっとも、いまの店の建坪は便所をいれて五坪程度で、こんど新しく建てるとしても、七坪もあれば充分である。

「いまどき、あのへんにゃあ土地はねえんだよ」

「わかっています」

百坪のその土地は、大半が建築資材の置場になっている。

「わかってないよ。いま、おめえ、あそこら、坪いくらすると思っているんだ」

「……」

「百五十万だよ」

「……」

「百五十万なら安いほうなんだ。それを、おめえ、十坪だけ、ただで貸すって言ってるんだよ」

「有難いと思っています」

「ありがてえなんてもんじゃないんだ。植村先生は、いままで材木の番をしていた老人に、毎月酒一升届けてくれればいいって、そう言ってるんだ」

「……」

「何が不足なんだ」

「不足なんかありませんよ。ただ、ちょっと、考えることがあるもんですから」

「おめえ、あれか、かあちゃんと二人で材木の番をするのが厭《いや》だって言うのか」

「そんなことはないですよ」

「わからねえなあ。おめえのような強情な奴はいねえよ」

「……」

「煮えきらねえんだよ。俺はね、おめえみたいな奴は、大嫌いなんだ。俺はね、植村先生のところへお百度踏んだんだぜ。それもね、手ぶらで行ったんじゃないんだよ」

「……」

「煮えきらねえんだよ。おめえんところの煮込みと同じだよ。おめえが会社を馘首《くび》になったっていうのはね、俺にはわかるな」

河原は鍋《なべ》のなかに自分の箸《はし》を突っこんで出ていった。一緒に来た酒井も出ていった。

「あいすいません」

兆治は、奥の席にいる堀江に頭をさげた。

店をしめて家へ帰るときは大通りを通る。十時半のときもあれば、午前一時になってしまうこともある。モツは、たいていは、九時過ぎに売りきれる。

兆治は、それが癖で、自転車に乗っていても、左手で右肩を揉《も》んだり叩いたりする。それから、首をまげる。ボキボキという音がする。

公園のそばを通るとき、あれかな、と思った。

小学校時代から、兆治は、野球のうまい少年として、当時はまだ町だったのだけれど、国電の駅のほうの商店街の父兄たちにも名を知られていた。一年生だったさよも、それを知っていたと言ったことがある。

中学の一年生になったとき、野球で有名な私立大学の監督が兆治を見にきたことがある。そのときから、兆治は主戦投手だった。

二年の秋の西地区の大会が終ったあと、兆治は肩を傷めた。二、三日前から、右肩が疼《うず》くような感じがあったが、キャッチボールをはじめた途端に激痛が走った。右肩全体に熱があって、どこが痛いのか、咄《とっ》嗟《さ》にはわからない。軟骨が折れたのか筋肉痛なのか、医者も原因不明だと言った。四十度に近い発熱が続いた。このままだと肺浸潤になるという。野球は断念しなければならなかった。

しかし、兆治は、野球部は退部したのだけれど、翌年、三年生になってから、一人で、左の投球練習を続けた。公園の野球場へ行って、バック・ネットに向って投球する。自分では、だんだん力がついてきたように思った。そのころ、まだ生きていた兆治のおばあちゃんが、兆治の両親には内緒で、神田のMというスポーツ店へ行って、左利きのグローブを買ってきた。左のグローブが右のグローブよりも高価であることを兆治は知っていた。それは、いまでも、兆治の宝物になっている。

高校生になったある日、兆治は、左で遠投を試みた。計ってみると、三十七メートルだった。そのとき、兆治は、はっきりと野球を断つことにした。これでは、大学の野球部の選手にはなれないと思った。兆治は、電気関係の専門学校へ進んだ。

しかし、あのときだって、藤棚の脇のベンチに坐って、何日も考えこんでしまうようなことはなかったと思った。

電気工場へ勤めて二年後に、兆治は組長になった。それは、ステレオ・セットの組立ての、ある段階におけるラインのチーフということである。

それが、いつ頃からのことであるのか、兆治は正確に記憶していないが、工場長に憎まれていると感ずるようになった。会議があると、兆治は完全に無視されていて、何かを言われることがあるとしても、工場長は、皮肉めいたことしか言わなかった。

「俺が、人に、憎まれる？」

兆治は、子供のときから、そういったようなことに関しては自信があった。自分は、あけっぴろげな性格であり、口数も少いし、曲ったことは嫌いだし、もし、自分に長所があるとすれば、邪心のないことだと思っていた。

工場長は大変な悋嗇漢《りんしょくかん》だと聞かされたことがある。しかし、兆治は、工場長の気に障るようなことを言ったおぼえはなかった。工場長は、業界では名の通った有能な技術者だった。兆治は、工場長は一種の変質者ではないかと思うことがあった。嗜虐《しぎゃく》症とか、根強い幼児性とか、権力欲とかという言葉が浮かぶことがあった。あるいは、偏執狂であろうか。それ以上のことは、兆治にはわからない。

昭和四十九年の正月に、兆治は重役室に呼ばれた。工場長は専務になっていた。兆治は、総務部の課長に任命された。まことに唐突な人事異動だった。専務は、異例の昇進だと言った。それはその通りなのであるけれど、兆治としては、現場を離れるなどということは、考えてみたこともなかった。

兆治は、部署が変って、すぐに、自分の役割に気づかされた。それは、社長の叔父に当る、老齢で病身でもある総務部長にかわって、社員の首を切ることであった。三百人の社員を二百人に減らさなければ経営が成り立たないことを兆治も理解した。オイル・ショックにより、希望退職、肩叩き、窓際族などという言葉が流行語になりかかっていた。

「俺に、東大出の工学博士の首が切れるか。俺に、そんな資格があるのか」

兆治は、休日には、家で寝ころんでいた。大の字になって寝て、天井を見ていた。何も考えられなかった。自分が厭になった。

「俺には、とうてい、そんなことは出来ない」

兆治は、その月のうちに退職した。退職金は七十万円足らずであり、職業安定所へ通った。

「余計なことを言うようですが……」

と、堀江が言った。秋の市民運動会をめぐって騒いでいた市役所の連中が帰って、客は堀江一人になっていた。

「このあいだの、あれ、どういうことなんですか」

「……」

「喧嘩《けんか》になってしまって」

「ああ、河原さんですか。どうも、ご心配かけて……」

「立ち退きなんですか？」

「立ち退きとか追い立てをくうとか、そんなんじゃないんです。契約ですから……」

「いい場所があるとかって」

「ええ、そうなんです。……何か焼きましょうか」

「……」

「もっとも、あと、シロしか残っていませんが。それと、ハツが少しだけです」

シロというのは、大腸、小腸、直腸である。

「ああ、シロをください。塩で……。ハツは医者にとめられているんです。コレステロールの関係で……」

「へええ。ああ、そうですか。ハツは悪いんですか」

「なんか不思議ですね。ほら、イカが悪いって言うでしょう。イカとか貝類とか。あれみたいなもんでね……」

「あれ、わかりませんね」

「とにかく、医者がそう言うんだから……あっはっはあ」

堀江は酔っているようで、体が揺れていた。

「さっきの話ですが、どうして、いけないんですか。土地をただで提供するっていうような話だったでしょう」

兆治は、市場《なか》で買ってきた四角い団扇《うちわ》を右手で持っていた。炭火の前に立つと、自然に目を細くしてしまう。左手で冷酒を飲んだ。

「ま、簡単なことなんですよ。私の師匠で、松川っていうのが……」

「ああ、ガード下にあるヤキトリ屋でしょう。私も、以前は、あそこへ行っていたんです」

「あれが師匠なんですが、どうも、師匠のそばで店をやるっていうのは……」

「ああ、なるほどね」

「……」

「なるほどねえ……。わかりますよ。でもね、だったら、言えばいいじゃないですか、河原さんに」

「いや、河原さんもわかっているんですよ。あの人、駄々っ児みたいなところがありますから……。でも、いい人なんですよ」

「そうかもしれないが、あれは困るね」

「あいすいません。どうも……」

シロの串を堀江の前に置いたとき、不意に、兆治は、あのことを訊《き》いてみたいという気になった。

「あのう、こんなこと言っちゃ怒られるかもしれませんが、私は、三時には店に来ていますから、よろしかったら、何時にでもどうぞ、いらしてください」

「……」

「失礼だとは思うんですが、ビールぐらいでしたら……。焼きものは出来ませんが」

堀江は少し考えていた。

「知っていたんですか」

「ええ、まあ。公園の……」

「……」

「通り道ですから……」

「実は、会社は休みなんですよ」

「……」

「ちょうど、あんたが、この店をはじめる頃からでしたがね、うちも週休二日制になりましてね」

「土曜日は休みなんですか」

「そうなんです。……ところが、何と言うか、体のほうが納得しないいんですね。なにしろ、外地から復員してきて、ずっと、めちゃくちゃに働いてきましたからね。最初は繊維の会社で、証券会社にもいましたし、小さな印刷所をやっていたこともあるんです。体を苛《いじ》めることに馴《な》れてしまったんですかねえ」

「……」

「二日も続けて休むなんてねえ。そりゃ若い人は喜びましたけれどねえ」

「奥さんも知らないんですか」

「家内にも娘にも言っていないんです。とにかく、亭主が二日も続けて家にいるなんて、よくないんじゃないですか。間違っているんじゃないですか」

「そうですか」

「はじめは、映画を見たりしたんですよ。それから、中央線に乗って松本あたりまで行ったこともあるんです。まあ、少しだけ、解放感みたいなものはあったんです。しかしね、何をやっても面白くない」

「……」

「面白くないの」

「……」

「中央線の食堂車で一合瓶の瓶のまま燗《かん》をしたやつ、ぬるいのよね、あれを窓のところに立てて、外の景色を見ながら、ゆっくりゆっくり……。あれ飲むのは、ちょっとよかったけれど、淋しくてねえ」

「淋しいですか」

「旅行っていうのは、話相手がいれば面白いんですよ」

「……」

「それで、このごろは、会社へ出るんです。土曜日でも、二人か三人は出ていますからね。自分の机に坐って、机の上を拭いて、抽出《ひきだ》しを整理して、することは何もないんです。あとは、公園……」

兆治は、会社をやめても、しばらくは、部屋で大の字になって寝ていた。自分でそうするのではなく、自然に大の字の形になっていた。眠るのではなく、天井を睨《にら》んでいた。堀江とは少し違う。

「窓際族って、あれ、窓際族のうちはまだいいんです。そのうちに、仕事がなくなってしまいましてね。もっとも、今年の暮で停年になるんですが」

「……」

「これでもね、家へ帰りますと、ちゃんとお茶漬けぐらいは食べるんですよ。家内は起きて待っていますしね。それで、十二時に風呂に入って、寝床で本を読んで、一時に眠るんです」

兆治は、公園で、人が誰もいなくて、ブランコだけが揺れているという光景を見たことがあるような気がしていた。

第三話　夜の雲

岩下が店に入ってきたとき、茂子が兆治の傷の手当をしていた。

茂子と兆治とが、むかいあって蹲《うずくま》っていた。岩下は、いつものように、カウンターの奥の椅子に腰をおろした。目の前に招き猫が置いてあって、それは貯金箱にもなっている。

「お酒をちょうだい。……おいおい、お安くないね。板の間《ま》でじゃれあったりして」

茂子が、ちらっと岩下のほうを見た。目が笑っている。

「それどころじゃないんだ。大変だったんですよ」

と、入口に近いところにいる沢井が言った。沢井と岩下は、鉤《かぎ》の手になっているカウンターの端と端にいて、対角線上に位置していることになる。

掛時計が九時半を指している。岩下は、何か事件があったときに、時計を見るのが癖になっている。

「なに？　どうしたの？」

「オデコですよ」

沢井がそう言ったときに、岩下は、消毒液の臭いが漾《ただよ》っているのに気づいた。

「たいしたことないんだ」

兆治が言った。

「駄目よ、あんた、こっち向いて……」

茂子が繃帯《ほうたい》を巻いている。

「河原さんと佐野がやったんだ」

沢井は昂奮《こうふん》していて、酔いがさめてしまっている。蒼《あお》い顔になっている。

「河原さんと佐野が、二人でやったのか」

「そうじゃないのよ」

と、茂子が言った。

「沢井さん、はじめっから話さなくちゃ駄目じゃないの」

「河原さんと佐野の二人が喧嘩《けんか》をしたんだ」

「わからないな」

「それで、パトカーが来ちまってね……」

兆治が立ちあがって、岩下を見て、やあ、どうも、と言った。

「何にする？　ああ、そうか。お酒だって言ったね。……なんか焼こうか」

スポーツ刈りにしている兆治の額《ひたい》と前頭部がかくれて若々しく見えた。

「こんなの、しょっちゅうだったよなあ」

中学一年生のとき、兆治と岩下は、バッテリーを組んでいた。翌年の秋から、兆治は野球部を退いている。プロ野球の秋山と土井のように、高校、大学を通じて、ずっと投手と捕手で続いてゆくだろうと言われたこともあった。兆治が野球を止《や》めてから、岩下も精彩を失ってしまった。

「お前なんか、前歯を三本折っちまってなあ……。バットでやられて」

茂子が水割りをつくって、沢井の前に置いた。

「最初に、河原さんが、娘をつれてきたんです」

「そう、そう、そう。……そこから話さなくちゃ」

「ああ、あの、デブの……」

「それがいけないのよ、岩下さん。それを言うからいけないのよ。それではじまったんですから」

「よく食べるからねえ、あの娘は。うちへ、おふくろと二人で肉を買いにきても、コロッケとマカロニ・サラダを買い足すのは、あの娘なんだ」

「じゃあ、お得意さんじゃないの」

「ちょっと待ってくださいよ」

沢井が言った。

「いま、私が話をしているんですから……。河原さんが娘を連れてきて、三十分ぐらいあとに佐野が来たんだ」

佐野は市役所に勤めていて、沢井の同僚である。沢井よりも若い。

佐野が寿司《すし》を買ってきた。握り寿司と稲荷《いなり》寿司と太巻きの三種類の折詰になっている。駅前のロータリーの、駅から見て正面のところに土産物専門の寿司屋が開店した。それは、全国に同じ名でチェーン店を出していることで話題になっている店のひとつで、兆治の斜め向いの櫓《やぐら》寿司の細君などは目の仇《かたき》にしているが、兆治としても気にならないこともない。

佐野が、それを、いわば見本として買ってきたのは、むろん、彼の好意である。そこにいた客で少しずつわけて食べた。兆治も茂子も食べた。しばらくは、品評会のようになった。

「それで、佐野が、洋子って言ったっけねえ、河原さんの娘さんにも勧めたんです」

「それがいけなかったんです。大喰いだっていう……。さんざん、モツ焼きを食べて、煮込みとチキンロールも食べたあとだから」

「ちがうわよ、あんた」

と、皿を洗っている茂子が言った。

「あんた、なんにもわかっていないのねえ。そうじゃないのよ、佐野さん、太巻きが残っていますよって言ったのよ」

茂子が、ふきだして、板の間にしゃがみこんでしまった。

「ワーって、泣きだしたんです、いきなり」

「河原さんの娘が？」

「そうです」

「厭《いや》な娘だねえ」

茂子が立ちあがって、前掛けで涙を拭いた。

「太巻きって言ったのがいけなかったのよ。気にしているんだから」

洋子は、六十七、八キロはあると言われている。

「だから、私、佐野さんは、そんな意味で言ったんじゃないって言ったのよ。そうしたら、洋子さん、そうじゃないって……。太巻きもそうだけれど、この人、残っているって言ったって」

「いいじゃないですか」

「なにしろ、泣きながら言うのよ。売れ残っているっていう意味だって……。でも、あの人、まだ二十七でしょう」

「……」

「太巻きが残っているって……。あら、やっぱり、まずかったかしら」

「それで、どうしました？」

「洋子さん、泣きながら、駈け出して帰っちまったのよ」

河原は残った。

「私のことを、木っ端役人って言ったんです。それで佐野が怒っちまったんです」

「河原さんは、酒癖が悪いからねえ。ちょっと、あの人、困りますね」

「河原さんとしては恰好《かっこう》がつかなかったんでしょう。娘が帰っちまって、デブで売れ残りっていう念を押されちまったようなもんですからねえ。ほかに、客が三人ばかりいたから、おさまりがつかなくなって」

「……」

「河原さんと佐野が殴りあいになったんです」

沢井と岩下の前に、兆治がモツ焼きとラッキョウを置き、サービス、サービスと言った。

「つまんないことなんですよ。くだらない」

「喧嘩の原因なんて、そんなもんだよ」

「そうしたら……」

と、沢井が言った。

「兆治が、いきなり、ここへ、河原さんと佐野の間に、頭を突きだしたんです。殴るんなら私を殴ってくれって……。カウンター越しに」

「……」

「河原さん、しばらく見てましたよ、兆治の頭を。……それで、ポカーンと、生意気な野郎だって。ただの殴り方じゃなかったよ、あれは」

「切れたのよ、ここが」

茂子が自分の額を指さした。

「いつか話したろう、岩下、お前だけに……。あれがあったからね」

来年の六月までに立ち退かなければならない兆治に、河原が土地の世話をした。兆治はそれを断っている。

「で、パトカーが来たのか」

「そうなんだ」

「誰が呼んだんだ」

「それがわからない。おまわりが来たときには、もう終っていたんだ」

岩下は、国電の駅のほうの商店街の大通りで精肉店を経営している。兆治がモツ焼きを主にする居酒屋をはじめたのは、岩下と親しかったためである。

しかし、精肉とモツ（豚の内臓）とでは仕入れの系統が違うのである。ふつう、精肉店ではモツを扱わない。岩下は、一日置きに芝浦の中央食肉卸売市場へ仕入れに行き、その際に豚のモツを買うことができるのであるが、兆治は岩下を頼ろうとはしなかった。専門のモツ屋から仕入れる。そのほうが筋だと思っていた。そうではあるが、岩下がこの町にいることは心強い。

兆治は松川で修業した。彼は松川のことを師匠と呼んでいた。

彼は、モツを切るときに、松川で教えてもらったものよりも二割見当で大きめに切ることにしていた。新米なのだから、あまり利益のことは考えないでいようと思った。

松川は、店をあける前に、その日に売るモツを、すべて切ってしまって串《くし》にしておけと言った。そこのところの考え方が、兆治は少し違っていた。

「赤もの（レバー、ハツ、タン、カシラ）は、時間が経つと、色が変り、味が悪くなる。切ったばかりの赤ものは、新鮮で切り口がしっかりしているから、味がいい」

だから、兆治は、店をあけてからも、頃あいを見て、客に背をむけてツルシ（主に赤もの）を切るようになるのである。面倒は面倒だけれど、そうしようと思っていた。

「いくら条件がよくても、師匠の近くで店を開くわけにはいかない」

兆治がそう考えるのは、そんなこともあったからだった。兆治のほうのモツ焼きが松川よりも大ぶりであることは、較べてみれば誰にでもわかってしまう。

「……その松川のことだけれど」

と、岩下が言った。沢井は、もう帰っていた。

「こんどの日曜日にパーティーをやろうと思っているんだけれどね」

松川は国電のガード下で営業していたのだけれど、そこを引き払って、岩下精肉店の近くで店を開くことになった。兆治は開店祝いには行っていた。十一月の半ばに、二階の住まいのほうも完成した。モツ焼きの店としては大きなほうであり、狭いけれど小座敷もある。

「どうしたらいいかな」

「それなんだけれど、花と、あとは金かなあ、やっぱり。商売ものを持ってゆくわけにはいかないしね」

「盆栽なんかどうだろうかね。連名でさ……。店の飾りにもなるし、おやじさん、盆栽が好きだしさ」

十一時を過ぎていた。茂子は、まだ洗いものが終っていない。

そこへ、井上が来た。

「あら、お珍しい。若草、満員なの？」

若草は櫓寿司の隣にあり、小料理屋であったのが、カラオケ酒場に変っている。

「パトカーが来たんだって？」

井上は、男物としては思いきって派手な浅葱《あさぎ》色の村山大島の対《つい》を着ていた。角帯だった。

「それは、もう、済んだのよ」

「喧嘩だって？」

「ですから、もう終ったのよ。なんでもなかったの」

「だって、繃帯してるじゃない」

「ころんだのよ、うちの人」

井上は、兆治と岩下との話を聞き、私もお祝いに行くと言った。

そこへ、若草の峰子から電話が掛かってきた。

「井上さん、お席、あきましたって……」

井上が出て行った。

「あの人、白足袋はいていたわよ。困ったわねえ」

井上も、兆治や岩下と同じ第一小学校の上級生だった。彼は、カラオケに凝っていた。

「なんだか変ねえ、女っぽくなっちゃって。あの人、薄化粧しているんじゃない？」

井上は、材木店の社長である。

彼は、小学校と中学校の同期で、この町のロータリー・クラブの会員である四人の男と親しくしていて、春秋に温泉旅行を行なっていた。細君同伴というのがミソであり、兆治の常連たちは、それを罪ほろぼしだと言っていた。

井上は歌が歌えなかった。その旅行会は十年以上も続いているが、いつからか、歌わない者は五千円の罰金という決め《き》になった。去年の春の旅行が終ったあとで、彼は一念発起した。カラオケのセットを買ったのである。それは百万円ちかくもすると噂《うわさ》されていた。

彼の学習が始った。もともと、彼は勉強家だった。去年の秋の旅行会では、みんなが驚かされた。三十曲ばかりをマスターしていた。歌詞を見ない。それから少しおかしくなってしまった。

松川の二階での宴会は、日曜日の二時に始った。客は十三人であり、松川の母親も席に坐った。松川は、これからは、だんだんに若い者に店をまかせるようにしたいと言った。七十歳になったと聞いて、兆治は少し驚いた。

河原は、別人のようにおとなしくしていた。泣いたあとの子供のような顔をしていた。

井上は、カラオケのセットを持ってやってきた。白地に松の縫い取りのある着物に着換えた。

お祝いに行くというのは、歌いに行くということだった。

〽あなた　なぜなぜ　妾《わたし》を棄てた……

振りがついていた。

井上は流行歌を三曲、民謡を二曲歌って帰った。『北海盆歌』のときは、松川の母も一緒に踊った。

「なんだい、あれは……」

「あの目つきが、普通じゃない」

「声はいいけれど、はずれることに自分で気がついているのかな」

「でも、便利じゃないか。そうとわかれば……。自分で道具を持ってくるんだから」

兆治は、もとは、松川の客だった。だから、ちょっと変な立場になってしまう。

「兆治はね、自分で飲みたいもんだから、店をはじめたんだよ」

松川が言った。

「そうかもしれません」

「よく、茂子さんが承知したね」

松川が岩下のほうを見て言った。

「そうなんですよ。こいつは、第一小学校では脱サラ第一号でね」

「茂子さん、びっくりしたろう」

「それより、会社をやめたときに泣かれましてねえ。自分で勝手にやめてから言ったもんですから」

「それは、いかんな」

「なんせ、サラリーマンの女房になるってことに憧《あこが》れて田舎から出てきた女ですから」

「モツ焼きでなくたってよかったんだろう。水商売でも、いろいろあるんだから」

「駄目ですよ。無器用なんですから……。林檎《りんご》の皮だって剝《む》けないんですから」

「……」

「会社をやめて泣かれて、赤提灯《あかちょうちん》のモツ焼きで泣かれて」

「モツ焼きだって無器用じゃやれない」

「でも、ずっと見てましたからね、おやじさんのところで……」

「ひどかったね、会社をやめて当分の間は。アル中じゃないかと思った。毎晩だもんね。荒れて荒れて……」

「あんとき、自分でもわからなかったんですよ。井上さんみたいな目つきをしていたかもしれない」

松川が笑った。

「松川のおやじさんがいて、岩下がいてくれたから……。そうでなかったら、どうなっていたか」

兆治と岩下は、六時半に、松川の家を出た。兆治の家で飲み直すことにしていた。

経済大学の校庭を横切って歩いていた。二人とも大男である。

思いがけず、満月が出ているのに出あった。月は東の空に白く輝いていた。月の近くに見える雲も白く光っていた。その雲は、勢いよく流れている。その周囲には、黒い雲や薄ネズミ色の雲がたちこめていて動かない。

「さっき、電話があったんだ」

と、兆治が言った。

「……誰から」

「さっき、松川のおかみさんが俺を呼びにきたろう。……電話だったんだ」

「………」

「お前、知ってんだろう。さよちゃんからだ」

「……」

「お前が言ったんだろう」

「そうじゃない。今日のことを教えたのは、俺じゃない」

「……」

「だけど、この前、兆治へ行った日の前日にさ、よちゃんから電話があったんだ。……だけど、あの騒ぎだろう。言えなくなっちまって……。それに、茂子さんがいるしね」

「……」

「お前の家へも兆治へも電話が掛けられないって……。どっちにも茂子さんがいるからね」

「どういうつもりなんだろう」

「わからない」

「どこにいるんだ」

「わからない。お前にも言わないのか」

「言わないね。泣いているだけだ」

「キャバレーに勤めているらしいけれど」

「どこの？」

「それがわかれば問題ないさ。絶対に言わないんだ。必ず帰るから、少し放っといてくれって。

おい、あんなに強情な女だったのか」

兆治が電話に出たとき、電話の向うの声が、あたしよ、わかる？　と言った。それだけで、あとは兆治が何を言っても泣いているだけだった。

「どうしたらいいだろうか。警察に連絡すべきだろうか」

「そうなんだけれど、それも可哀相だしな」

「もう、神谷鉄工へは帰れないだろう」

兆治と岩下は、ベンチに腰をおろした。二人とも黙ってしまった。

兆治は煙草に火をつけ、大きく吸って吐きだした。溜息《ためいき》のようだった。岩下も溜息をついた。

「岩下よう、昔ね、中学生のときにね、この校庭を突っ切って帰るほうが早かったんだ。俺のうち、こっちにあったから」

「………」

「だけど、だんだん、具合が悪くなっちまってね」

「どうして？」

「だって、いつでも、お前、このへんにいるんだもの。靖子さんと二人でさあ。あれは中学の三年の時からか」

「二年からだろう」

靖子は肉屋の娘だった。岩下は婿になった。

「だけど、まあ、ませていたもんだね」

「お前だって、そうじゃないか」

「俺は、電気学校へ行ってからだぜ。二十一だぜ、あのときは」

「さよちゃんは若かったろう」

「さよは十六歳だった。だけど、お前、知ってたのか」

「知ってたさ。いつか、お前、言ったじゃないか。茂子さんと見合いする前ごろだったかな」

「岩下精肉店へ電話をするっていうのは考えたもんだね」

それきり、二人は、また黙ってしまった。さよは三十六、七歳になっているはずである。兆治の頭のなかで、暗いピンク・キャバレーのボックスに坐って、虚《うつ》ろな目つきをしているさよの姿が見えている。

第四話　水凍る

夜になって急に冷えてきた。若草の床はコンクリートなので、カウンターの客は足を浮かせるようにしている。

井上が歌っている。さっきから、カラオケのマイクを放さない。入口に近く、押し黙ったままの客が二人いる。カラオケのあくのを待っているのか、峰子を張っているのか、どっちなんだろうと小寺は考えている。

「なんだい、この歌は」

と有田が言った。彼は酩酊《めいてい》していて、峰子の肩を抱えている。峰子も酔っている。

「八代亜紀《やしろあき》の新曲で『舟唄』っつうの……」

「へええ。新曲かね。勉強してるねえ」

「なにしろ、まあず、二時三時までだっつうからねえ」

峰子には、かなり強い東北訛《なま》りがあるが、当人も意識的にそれを使っているようだ。

井上が、有田と峰子のほうを見た。

「やゝだよ、このひと、色目なんか使っちまって、さあ……」

「あれ、色目じゃないの。ヤブニラミなの」

峰子は、キャアと言って、有田の太股《ふともも》に手を置いた。

「おい、よせよ、感じるじゃないか」

「いいんでねえの。感じるようにやってんだから」

「……」

「なにしろ、オールド一本飲んじまったんだから、昼間っからさあ。おたくの会社のためだからさあ」

小寺と有田は、以前、兆治が勤めていた工場の同僚だった。その工場は、多摩川を越した向う側の河川敷に建っている。新工場の落成式があり、歌のうまい若草の峰子とミーコが宴会によばれた。

「歌え歌えって言うんだもんねえ。あたし、宴会のお手伝いに行ったたつもりだったのにねえ……」

「いや、お客様ですよ」

「あれ？　歌手なんでねえの」

「……」

「あんなことなら、ちゃんと衣裳《いしょう》持っていったのにねえ。こっぱずかしくってねえ。そんで、飲め飲めっちゅうんだもん。いい加減、ひどい会社でねえの」

「いや、有難う。大感謝、大感激……」

「あれ、なんつうの？　吉野さん？　いやらしい。『秋田音頭』を歌えっちゅうんだもんねえ」

「専務も喜んでましたよ」

「いやらしい」

「ええ、どうせ、バカ専務ですから。ええ、もう、うちの会社は、バカばっかり」

兆治の客が若草の客になり、その逆のこともある。兆治は酒は二級酒しか置かないが、若草は特級酒である。当然、それが勘定の差になるのであって、毎晩のように兆治にあらわれる客は若草へは寄らない。

小寺は兆治の常連であり、満席であるときは若草で飲む。有田は、それまで、若草のほうを知らなかった。

「どうすることもキャンノットなんですよ」

「なに、それ？」

「うちの会社ですよ。バカばっかり……」

「あれえ、吉野さんという専務さんは立派なんでねえの」

「お前は言うことがどんどん変るねえ。あんなもんは、問題外のアウトの外なんです」

「ちょいと、このひと、言うことが古いんでねえの。どうすることもキャンノットなんて。あれは二十年ばかし前に流行《はや》った言葉なんでねえの。……でも、あたし、ああいうひと、好きよ。あれ、英国紳士なんでねえの」

「バカですよ。ああいう男はね。お前もバカモンだね。……ええ、女なんていうのはね、しょうがないねえ。……女なんていうのは、机の木端《こば》でだって出来るんだからねえ」

「なによ、それ」

「机の木端で擦《こす》ったって出来るでしょう」

「あれ、いい気持なんでねえの」

「……」

「三つか四つのとき、俺《お》ら、たまげたねえ」

「俺らときたな」

「いい気持になってねえ。ショックだったわ。人生観変っちまってねえ」

「バカ。三歳か四歳で人生観なんてあるのかよう」

「そうでないのよ。ちゃあんとあるんだわさ。不思議な気持になってねえ」

「それから、どうした」

「それからねえ、ずうっと忘れっちまってねえ。十七か十八のとき、また復活してねえ」

「どうなった？」

「……」

「一人で、また、擦ったの」

「馬鹿にするもんでねえの。こんどは本格的にやったんだから。十九歳のときに……」

「遅いねえ」

「ありゃあ、痛いばっかしでねえ」

「いまは？」

「いまは、やっぱ、いい気持なんでねえの。ああら、小寺ちゃん、なにポカーンとした顔してんの。ほら、ミーコ、酒っこ、注いでやれ」

井上の歌が『花と蝶』になった。

「俺、踊ってみようか」

有田が座敷へあがった。四畳半の部屋で床《とこ》の間《ま》と押入れがある。仕舞屋《しもたや》を改造した店だから、そんなことになっている。有田は卓を片づけた。

有田の踊りは、即席の当《あ》て振《ぶ》りである。だから、何を踊っても、同じような振りになってしまう。しかし、そうなのだけれど、いつのまにこんなに上手になったのかと小寺は思った。なんでも形にしてしまうのが面白くて、小寺も峰子も吹きだした。

「おい、峰子、お前も一緒に踊ろう」

峰子も踊った。峰子のほうは、一応は習った踊りである。

入口に近い二人の客は、依然として押し黙ったままでいる。飲むでもなく、歌うでもなく……。

「あの人、なに？」

有田が便所へ行ったとき、峰子が小寺に言った。

「なにって、私の上司ですよ」

峰子は、自分で言うほどには酔っていないようだった。真顔になって笑っている。有田の踊りに対して、尊敬と軽蔑《けいべつ》が半々になっているように思われた。小寺は、目糞《めくそ》鼻糞を笑うという言葉があったなと思った。

若草の扉があいた。

「有田さん、電話です」

兆治が立っていた。

小寺が兆治の店にいた。有田は帰った。

「峰子さん、とても喜んでたわよ」

と、茂子が言った。

「そうですか。それはよかった」

「たくさん御祝儀をいただいたって言ってたわ」

小寺としては、兆治の前では会社の話をしたくないという気持があった。

「ハイヤーで送ってもらったんですって?」

「いえ。会社の車です」

社長と吉野専務の使っている自動車であるが、小寺はそうは言わなかった。

「あれ、ベンツでしょう。あたし、びっくりしちゃった。この路地にあんな自動車が入ってくることってないんですもの。誰かと思ったら、峰子さんとミーコさんが降りてきて……」

峰子が店をあけたのは六時である。一時間後に、有田と小寺が若草に顔をだした。いま、九時になっている。

「オ××コ、ぱくぱくさせて喜んでいたってよ」

河原が来ていた。

「ああ、失礼。いらしてたんですか。気がつかなくって……」

小寺は軽く頭をさげた。河原は、血色のいい顔で笑っている。このぶんなら大丈夫だと小寺は思った。

「凄《すご》い景気だっていうじゃないの。新工場の落成式だって?」

「ええ、まあ……」

「じゃあ、なんで兆治を馘首《くび》にしたのよ」

話題を変えなくてはいけない。

「あれは、ぱくぱくするじゃないの。おめえんところのかあちゃん、ぱくぱくしないのかよ」

「ぱくぱくするるもんなんですか」

「河原さん、やめてちょうだい。……小寺ちゃんも」

茂子は、きつい顔をつくったつもりだったのだけれど、次の瞬間に、自分でも笑いだした。

彼女は、伝票の整理をしてから帰っていった。

「藤野さん……」

小寺は兆治に本名で呼びかけた。

「とっても評判がいいですよ。七人か八人、連れてきたでしょう、会社の連中を……。有田さんで八人目かな。みんな、うまいって言ってますよ」

「ありがとう。昔のね、会社の人たちが来てくれるっていうだけで嬉《うれ》しいんだから」

「こんなうまいモツ焼きはないって言ってますよ。タレがうまいって言うね」

「通《つう》ですね、それは」

兆治は、丸椅子に腰をおろして、薄い水割りを飲んでいる。目が和んでいる。小寺は、兆治のその顔が好きだった。

「どうやってつくるの？」

「タレですか」

「そう」

「どうって、松川の師匠に教えてもらったんだけど、醤油と砂糖と、鶏《とり》ガラ、コンブ、それに調味料、うちはヤマサフレーブを使ってますけれどね。あと、酒ですね」

「鳥を使ってるんですか」

「どこでも似たようなもんだと思いますよ」

「どこが違うんだろう」

「時間差なんですよ」

「バレーボールみたいですね」

「ええ。鶏ガラを煮たてて、醤油、砂糖、コンブ、調味料、酒、それをいれる時間差に少しコツがありましてね」

小寺に言ってもわからないだろうし、兆治も、身についてしまっていて、自分でもうまく説明できない。

「秘中の秘ですかね」

「ええ、まあ、そういうことですね」

兆治が笑った。

「酒は燗《かん》ざましだろう」

河原が言った。

「いや、飲み残しの酒は使いませんよ」

「だいたい、この店で酒を残して帰る客はいねえから……」

九時から後の時間は、どんどん過ぎてゆく。十時半になったが、小寺は帰りそびれていた。

「サービス、サービス……」

兆治は、イカの塩辛を、河原と小寺の前に置いた。

遅く入ってきたアヴェックが、お勘定をしてくださいと言った。男も女も、オーバーを着たままで、体を寄せあうようにしている。焼きものをやっている間は、どこかをあけておかなければならないので、室内があたたまるということがない。

「八百九十円です」

アヴェックの男のほうが千円札を出して、釣銭《つりせん》はいらないと言った。兆治は、百円玉と十円玉を一枚ずつカウンターにおいた。

「うちは、それ、やらないんです。すいませんが、受け取ってください」

女のほうが、寒そうにポケットから手をだした。

「おい、兆治、お前、生意気だぜ」

河原が言った。

「……？」

「お客はね、好意で言ってるんじゃねえか」

「ええ、そうです。わかっているんですが、私、釣銭《おつり》はいらないって言われるのが厭《いや》なんですよ」

「なぜ？　どうしてよ」

「どうしてって、性分なんですね。とにかく、厭なんですね」

小寺には、それがわかるような気がした。

「生意気言うんじゃねえや」

河原の顔色が変っていた。

「どう言うんですか、こんな、ちっぽけな商いをしているでしょう。でも、私も茂子も、ナニはいくらって、伝票つけてるんですよ」

「そんなことはわかっているよ」

「それで、儲《もうか》っているんですよ。ですからね、勘定だけはきちんとやりたいと思ってましてね」

「おめえ、俺に講釈をする気なのか」

「まあ、まあ、まあ……」

小寺は河原の隣へ寄っていった。

「俺が入ってきたときは、あんな仏頂面をしやがって……」

兆治は、一通りの下拵《したごしら》えが済むまでは、どうしても、客への受けこたえがおろそかになってしまう。それで不機嫌そうに見えることがある。……そうではなくて、兆治は、早くモツを切ってしまって、早く客と応対しようとして気が急《せ》いているのである。小寺は、その日のモツを切り終ってしまって、自分でも酒を飲みだすときの兆治の顔が好きだということに気づいた。

赤ん坊のような顔で兆治は笑う。

「釣銭はいらないって言うんだから貰《もら》っときゃいいじゃねえか。生意気なこと言うもんじゃねえや。じゃあ、なんだい、このサービスってのは……」

河原は塩辛の小鉢でカウンターを叩いた。

「ちゃんと金を取りゃいいじゃねえか。釣銭も貰って、サービスなんか出さないで、しっかり儲ければいいじゃねえか。それが商いじゃねえのか。それで、有難うございますって頭を下げるのが商売人じゃねえのか。粋《いき》がるんじゃねえや」

「……」

「おめえはね、強情なんだよ。わかっているようで、なんにもわかっちゃいねえんだ」

「そうかもしれません」

河原が出ていった。

「すみません、いつも。小寺さん……」

「困った人だね、あの人も」

「もう少し飲んでいてくれませんか。店、片づけちまいますから」

兆治は急に疲れがでてきたように思った。このままの気持では帰れない。自転車は押して帰ろうと思った。

小寺の会社の話になった。新工場を建てるというのは、決して景気がいいためではなく、税務対策上のことであるようだった。

「設備投資をして、黒字を減らすんだって言うんだけれど……」

「……」

小寺の家も兆治の店から歩いて十五分ほどのところにあるが、方向は反対だった。

兆治が小寺と店の前で別れたとき、十二時半を過ぎていた。

「おい、兆治、待てよ」

大通りを越したところで河原によびとめられた。河原は、そこの酒場から出てきた。待ち伏せをしていたようだ。

「河原さん、もう、かんべんしてくださいよ、今夜は……」

「ちょっと、おめえに言いたいことがあるんだけれどな」

「……」

「おめえ、この前、松川の新宅祝いのとき、なぜ、俺に挨拶《あいさつ》しなかった」

そのとき、河原は、妙にしょんぼりしていた。たしかに、兆治は、河原から目をそむけるようにしていた。それは、喧嘩《けんか》のことで、河原のほうも気まずい思いをしているのではないかと思ったからである。

「そんなことはありませんよ」

「おい。冗談と褌《ふんどし》はマタにしてくれねえか」

兆治は、一瞬、考える顔つきになった。いきなり、河原が殴りかかった。兆治は反射的に、自転車を河原のほうへ倒した。河原が転倒した。

「おい、お前、やる気か」

「もう、よしましょうよ。遅いから……。河原さん、酔ってらっしゃるから」

「岩下と二人で、さも仲よさそうに帰っていったじゃねえか。俺に挨拶もしないで」

そんなことかと思った。馬鹿馬鹿しい。

「俺はね、松川のじいさんから聞いたんだよ。お前、なんだってね、俺の世話した土地に行かねえのは、松川に遠慮してるためだってね。そりゃ、結構だよ。上等じゃねえか。……だけんどよう、なぜ、それを俺に言わなかったんだ」

「………」

「話を持ってったのは俺なんだぜ。おめえ、岩下にも堀江さんにもそう言ったそうじゃねえか。なぜ、俺に言わねえんだ。なぜ、俺を、そう虚仮《こけ》にするんだ」

「………」

「松川のじいさんはね、堀江さんからその話を聞いて、とても喜んでたよ。だけんどよう、それじゃあ、俺の立場はどうなるんだ」

「すまない。わるかった」

兆治は、世の中っていうのは生き難いもんだなと思った。面倒なものだなと思った。

「河原さん、気のすむまで殴ってくださいよ。私、本当に気がつかなかった。どうか、思いっきり……」

兆治は、いつかの夜のように河原の前に頭をさしだした。

「おい、ちょっと待てよ。おめえを待ってたのは、それじゃあねえんだ」

河原は、酒場の扉を押して叫んだ。

「久太郎、出てこいよ」

神谷鉄工が出てきた。

「おい、兆治。ここで久太郎に会ったのは偶然だよ。決して仕組んだわけじゃないぜ。……おめえ、さ、さよちゃんに会ったそうじゃないか」

「………」

「電話で話もしてるそうじゃねえか」

「誰に聞いたんですか」

「誰に……？　誰だっていいじゃないか」

岩下がそれを告げたのかもしれない。……しかし、岩下がそんなことを言うはずがない。第一、岩下は、さ、さよが兆治の店を訪ねてきたことを知らないのである。そのことは誰にも言っていない。

「申しわけありません」

兆治は神谷久太郎に向って頭をさげた。涙が出てきた。

兆治は、さよが店へあらわれた夏の宵のことは、自分でも夢のなかの出来事のように思っていた。あの夕刻、あたりは霧に包まれ、遠雷が鳴っていた。

このところ、ずっと胸に閊《つか》えていたのは、そのことだった。なぜ、俺は、すぐに神谷久太郎に報告しなかったのだろうか。

「藤野君、さよの居場所を教えてくれませんか」

酒場の前で突っ立ったままで久太郎が言った。

「わかりません。わからないんです」

さよは、子供の声を聞きたかったのだろう。その電話に、久太郎が出たのかもしれない。きっと、そうだと思う。

「おい、兆治、お前、わかっているのか。自分のやっていることが、わかっているのか。これは、警察の問題になることなんだぜ」

「わかってます」

「じゃ、教えろよ」

「わからないんです……」

押し問答が続いた。

兆治は、絶対に卑怯《ひきよう》な真似だけはしないでいようと思った。嘘《うそ》はつくまいと思った。見苦しいことだけはやるまい。

……兆治は、草叢《くさむら》でさよに伸《の》しかかっている。兆治はさよの上唇を噛《か》んでいる。そこに、わずかな痼《しこ》りがある。その痼りを舌で舐《な》めている。なま暖い風が吹いている。雑草の根もとのところが強く匂う。さよの手が兆治の頬を撫《な》でている。ピアノを弾くように手を動かす。擽《くすぐ》ったい。

バシッという音がする。

兆治は公園のベンチに寝かされている。河原の顔が迫り、彼の拳《こぶし》が迫ってきたことまでを記憶している。二発、三発。抵抗しなかったことに満足している。痛くはないが効くなあとは思った。

茂子が心配しているだろうと思った。どう言ったらいいのか。

兆治は目をあけた。銀杏《いちよう》の大木の天辺《てつぺん》に一枚の葉が残っている。股間《こかん》が熱くなっている。バシッという音がする。公園の水呑場の水が凍る音だ。

第五話　林の声

「お勘定……」

と、北島が言った。彼の前に銚子《ちょうし》が二本立っている。彼は、その一本を取りあげて、自分の盃《さかずき》に、ゆっくりと注いだ。ちょうど一杯分の酒が残っていた。

「お愛想《あいそ》をしてください」

兆治は、モツ焼きをタレの壺に漬け、また炭火の上にのせてから後向きになった。明細書の一枚を破り取って、ちらっと眺めてから、それを茂子に渡した。二人とも無言である。客から金を貰《もら》うということに、まだ、いくらか抵抗があるようだ。どうかすると、兆治は、いいです、と言ってしまいそうになることがある。

茂子が、千円に満たない額を告げた。

「安かった。……今日は、安かったなあ」

今日はというところに思いがこもっていたので、隅にいる岩下が笑った。兆治が岩下を見て、彼も、目だけで笑った。

「ああ、ホロッときた。この値段で、ホロッと酔えた」

北島は、いかにも満足したという顔で、最後の一杯を時間をかけて飲んでいる。ゴムの手袋で洗い物をしている茂子が笑いをこらえている。茂子も岩下を見た。岩下は、そっぽを向いて、また笑った。

「今日は安かった。成功だった。この値段でホロッと酔えた。うまあく酔えた。こういうことは、めったにはないんだよ」

北島は本当に酔っているようだ。誰もが彼を祝福してやりたい気分になっていた。実際、彼は、昼間から、今日は酒を何本飲んで、ヤキトリを何本食べて、という計算をたてていたのだろう。大成功だったのである。

北島の、最後の一杯を飲みほしてからの動作はすばやかった。勘定を払って、レインコートを着て、帽子をかぶり、飛ぶようにして帰っていった。二級酒だと、飲んでいるそばから酔いがさめてゆくようなことがある。彼は、ホロ酔いを、うまく家まで運んでしまわないといけない。

岩下は、自称、「茂子にミンクのコートを買う会」の会長である。彼は、いつでも、便所の脇の隅の席に坐る。そこに、大きな招き猫が置いてある。彼が開店祝いに持ってきたものである。その招き猫は貯金箱になっていて、岩下は、兆治にも茂子にもわからないようにして、金をいれる。兆治は、盆暮の祝儀なども絶対に受けとらないことを知っているので、そうするより仕方がない。ミンクのコートというのは冗談であり照れかくしなのであるけれど、小型のカラー・テレビぐらいは買える金額になっているはずである。

兆治の店の移転が迫ってくるのにつれて、岩下の、この店へ飲みにくる回数が多くなった。招き猫に紙幣を押しこんでいるところを兆治に見られてしまったとき、岩下は、養子だから、と言った。

「養子だから、いっぺんに金を持ちだすわけにはいかないから……」

岩下は、それが、いざというときの資金の一部になってくれるように願っている。

岩下精肉店は七時に終業になる。店を片づけて入浴し、簡単な夕食を済ませ、兆治まで歩いてくると九時になる。だから、岩下は、いつでも、テラテラとした血色のいい顔つきになっている。九時になると、焼きものは、あらかた売りきれてしまう。兆治が、やれやれという思いで自分も飲みはじめるのが、この時刻である。

岩下の店は火曜日が休日になっている。だから、月曜日の夜は、ほとんど間違いなく兆治へ出かけることになるし、その日の酒が、いちばんうまいのである。

岩下は、兆治夫婦が好きだった。兆治と同じくらいに、茂子を好ましく思っていた。彼が、茂子について感心するのは、たとえば、こんなときである。

この頃は、家族連れで飲みにくる客が多くなった。あるいは、男親が子供を連れてくることがある。ふつう、赤提灯《あかちょうちん》の店では、大人でも、酒を飲まない客は歓迎されない。子供たちは、邪慳《じゃけん》に扱われるか出てゆけがしにされるのがオチである。

しかし、茂子は、子供連れの客が来ると、目が細くなり、体が柔らかくなり、弾むような言葉づかいになる。ふだんでも高い声が、いっそう高くなる。彼女は、子供たちのそれぞれの好みを知っていた。

「お父さん、義《よ》っちゃんにはナンコツを焼いてあげて……」

といったようなことを言う。兆治のほうでも、それを心得ていた。むろん、子供連れの客は、開店そうそうの客の混まない時刻を選び、早く帰ってしまう。

また、店によっては、若いアヴェックの客を好まない女主人がいることがある。茂子は、そうではなかった。彼女は、そういう客には自分から話しかけ、相談に乗ってやることも度々あった。だから、若い恋人たちや夫婦者の事情についても、よく知っていた。茂子の嫌いなのは、わけのわからない酔っぱらいだった。

夏の頃と較べると、兆治のモツ焼き以外の肴《さかな》は次のように変っていた。

つみれのお吸物　梅わさび　納豆の山かけ
野沢菜　信州直送　東北漬　もずく
エシャーレット　菜の花のカラシあえ

むろん、「煮込み」や「豚足」や「自家製　塩辛」や「御新香《おしんこ》」はそのままなのであるけれど。

二人の女が入ってきた。二人とも、三十歳の半ばという年恰好《としかっこう》である。彼女たちは、岩下の側に、岩下から椅子ふたつ離れたところに坐った。

「ビールちょうだい……」

年長と思われる派手な顔つきのほうの女が言った。

「それから、レバー三本……。それから、ええと、なににしようかな。……あんたは？」

もう一人の女は、しばらく考えてから、カシラとハツとシロを二本ずつ、一緒に食べればいいから、と言った。

「タレですか？」

「タレにしてちょうだい」

二人の女は、そこでコートを脱ぎ、ハンドバッグを膝《ひざ》に置き、顔を直しにかかった。二人とも神妙にしていた。

入口に近いところに三人の男が坐っていた。いちばん若い男は初めての客であるようだった。

「なぜ、兆治なんですか?」

若い男が言った。この店で、そんなことを訊《き》く客はいない。彼は、額にいれられた保健所の営業許可証を見あげるようにしていた。食品衛生責任者として兆治の本名が書かれている。

「藤野伝吉……。伝吉でもいいじゃないですか。いや、伝吉っていうのは悪くないよねえ」

彼は連れのほうを見た。二人の男たちは別のことで話しこんでいた。

「なにか、いわれとか意味とかがあるんですか」

彼は、また正面で焼きものをしている兆治にむきなおった。酔っているのではない。もともと好奇心の強い男であるようだった。

「兆治っていう名前が好きなんですよ。それだけです。特別な意味はありません」

兆治はモツ焼きの煙を避けるために体を反らして言った。

「ロッテに村田っていうピッチャーがいるでしょう。あの人の名前が、たしか、兆治でしょう」

「そうです。よくご存じですね」

「村田が好きなんですか」

「好きですよ。ああいうピッチャー」

そう言えば、兆治の投球フォームは村田に似ていたなと岩下は思った。肩を痛めたのは、そのためであるのかもしれない。

「真向微塵《みじん》にね」

「いいですねえ……」

「村田兆治から店の名前を思いついたんですか」

「そうじゃないんですけど、それもあるかもしれません。私は、チョウジっていう音が好きだったんです」

若い男と兆治とで野球談義になった。

十時近くになって、ジャンパーを着た四十がらみの男が入ってきた。ジャンパーの胸のところに会社名の縫い取りがある。頭の天辺が薄くなっていて、風采《ふうさい》のあがらない男だった。彼は、派手な顔立ちをした女の隣に坐った。二人の女は、その男の来るのを待っていたのである。

女たちは、男が来ると、急に元気になった。あるいは、そのへんで酔いが廻ってきたのかもしれない。

「お前さん、今晩、やらしてやろうか」

女が男の頭に手をのせて言った。男は黙っていた。岩下のほうを見て渋面をつくった。

「どうせ、私の、見たいんだろう」

「……」

「男なんて、誰でも、見たがるんだから」

「見たくなんかないよ」

「嘘《うそ》言いなさいよ。ほら、いま、ここで見せてやろうか」

女がスカートを股《もも》のつけ根まで捲《まく》った。

「おい。よせよ」

「ちぇっ、綺麗事《きれいごと》を言いなさんなよってんだよ。見たいにきまっているんだから。誰だって、男は見たがるんだから。正直に言いなさいよ。見せてやるから……」

男は、観念をしたようで、自分のボトルのウイスキイをタンブラーに半分ほど注いだ。氷をいれ、申しわけ程度に水を注いで、一気に呷《あお》った。

「タクシーを呼んでくれませんか。三鷹《みたか》まで……」

その男は、また、タンブラーにウイスキイを注いだ。

「佐藤さん、およしなさいよ」

と、茂子が男に言った。女たちが黙った。

「佐藤さん、もう帰りなさいよ、近いんだから……」

「近いんですか」

岩下が助け舟を出すような気持で言った。

「ええ、この人、歩いて五分とかからないところにいるんですよ」

茂子は、きつい顔をくずさずに言い、洗い物にかかった。

「タクシーを呼んでくださいよ。三鷹までって言ってください」

男は、なおも、そう言い続けた。

兆治は無言で受話器を取り、ダイヤルを廻した。

「三鷹まで、一台、お願いします。ええ、駅のそばの兆治です」

女連れの客が帰った。三人の男の客も帰った。

「飲もうか」

兆治が丸椅子を岩下の前に持ってきた。目が和んでいる。

「いいのか」

「だって、お前ンところ、明日は休みだろう」

「俺はいいけれど」

月曜日の夜が遅くなるのは、岩下の妻の靖子も承知している。

お先きに帰ります、恋人同士でごゆっくり。そう言って茂子も帰っていった。

「さっきの、あれ、誰？」

「女か」

「………」

「保険の外交員してるんだって。いい稼《かせ》ぎがあるらしいね」

「もう一人は……」

「土建屋の事務員をしているんだ。女の友達でね」

「男のほうは？」

「土建屋の上役だよ。困っちまうんだ。俺の遠縁に当るもんで」

「………」

「困るんだよ」

「あきらめは天辺の禿《はげ》のみならず、か」

「なんだい、それ」

「あきらめは天辺の禿のみならず屋台の隅で飲んでいる、って、俺の知っている歌人の歌なんだけどね」

「ただ飲んでいてくれるだけなら、いいお客さんなんだけれど」

初老の男が戸をあけた。あいすいません、おしまいです、と兆治が言った。男は、顔を見せただけで帰った。酔っているらしい。

岩下が、ふふっと笑った。

「なんだい……」

「いや、ああいう男がラヴホテルを利用しているのかと思って、なんだか、おかしくなっちまって」

「そういうところだね」

「兆治、森山っていう娘《こ》がいたのを覚えているかね」

「森山礼子だろう。知っているよ。二級上だったかな」

「そうそう」

「フランス人形みたいな顔をした……」

「そうなんだ。俺、あの娘に惚《ほ》れちまってねえ」

「お前も気が多いねえ。靖子さんのほかに、そんなのもいたのか」

「中学時代、あれが俺のオナペットだったんだ」

「お前もそうなのか。実は、俺もそうだった。市会議員の娘でね」

「そうそう。ああいう娘っているんだねえ。男好きのするような。少年が憧《あこが》れるような」

「……」

「それが迂闊《うかつ》なんだよ。いま酒屋へ嫁に行っているけれど、厭《いや》な婆あになっちまってねえ」

「……」

「背はあれっきり伸びないし、ツンツンした感じだけが昔通りに残っていてね。ああ、いやだ」

「だけど、ああいうドキドキするような気持って、もうなくなっちまったね」

「だから、あきらめは天辺の禿のみならず、さ」

そのとき、兆治は、不意に、なんの脈絡もなく、他のことを思いだしていた。電気工場へ勤めていたときのことである。

こんなことがあった。

兆治は、いま専務になっている吉野耕造に憎まれていた。会議の席などで、まったく相手にされないということで、そのことは明らかだった。吉野が兆治にものを言うときは、いつでも、皮肉まじりだった。

あるとき、兆治は、地方都市から出てきていて、下宿住まいや寮生活をしている独身の社員を家に招いて芋煮会を催した。料理のうまい茂子の母が芋を煮て、草餅も作った。それが好評だったので、年が明けてから繭玉《まゆだま》の会を開いた。このあたりでは小正月（一月十五日）に繭玉を飾って祝うのである。酒を飲み、団子を持たせて帰した。兆治の両親も茂子も、賑《にぎ》やかなことが好きだった。

二週間後の休日に、小寺が吉野の家へ呼ばれた。小寺が行ってみると、兆治のところへ集まった十人の社員の全員が顔をそろえていた。仕出しの会席弁当と一合瓶の酒が二本ずつ出ただけで、吉野は何も言わなかったというのである。

小寺からその話を聞いたとき、兆治は、何とも胸の悪くなるような思いをした。あれは無言の威嚇ではなかったかと、兆治は、いまにして思うのである。

世の中には頭のいい男がいる。他人のすることを悪意としか受けとらない男がいる。保身のために全力をあげて戦う男がいる。つまらないことを気に病む男がいる。徒党を組まれることを病的に怖《おそ》れる男がいる。猜疑心《さいぎしん》の強い男がいる。兆治には、それくらいのことしかわからなかった。しかし、兆治は徒党を組むつもりはなく、人気者になりたいと思ったこともなかった。

「城山《じようやま》で遊んだときのことを思いださないか」

「えっ？」

「城山だよ」

「ああ、あれは楽しかった」

兆治や岩下の通っていた小学校の近くに、城山と呼ばれる岡があった。そこは、小さな城址《じようし》であって、岡の上に十六代目か十七代目の当主が住んでいる。そのために自然が保護されていた。林があり、濠《ほり》があり、古井戸があり、湿地帯があり、小川が流れていた。

「俺、あそこで、万両をおぼえたな」

「……」

「万両なら、赤い実が生《な》っていなくても、わかったね。葉が丸くて裏が薄紅《うすあか》いんだ。こんなに太いのもあったね」

岩下は、指で円をつくった。

「俺は山百合《やまゆり》だな。……山百合なら、ちょっと芽を出しただけでも、どのくらいの深さのところに球根があって、花がどれくらい咲くか、すぐにわかったね」

「楓《かえで》の新緑のときがよかったね」

「そうそう。だけど、よく怒られたね」

「あれはね、お前、こっちからでは見えないんだ。しかし、あの岡の上に登って、当主の家から見てごらんよ。まる見えなんだ。こっちは林のなかにいるから見えないと思っていたんだ」

「小綬鶏《こじゅけい》もたくさんいたな」

「そうなんだ。俺、鳥の名前も、あそこでおぼえたんだ」

「小綬鶏や鶫《つぐみ》はうまかったね」

「あれを獲《と》るから叱られたのかな」

林のなかの岩下の声が聞こえてくるような気がする。それは、つい、昨日の出来事であったような気がする。

遅くなったので、岩下にも無線タクシーを呼んだ。

「今日は楽しかった。今日は安かった。この値段で、ホロッと酔えた」

岩下は、北島の口真似をして帰っていった。

兆治は、ぼんやりとしていた。岩下が出たら、そのますぐに店を閉めようと思っていて、また坐ってしまった。薄目の水割りをつくった。

「すべからく……」

彼は、頭のなかに、ある言葉が浮かんでいたのであるが、それはすぐに消えてしまって、思いだせない。そんなことがよくあるようになった。

プロ野球のオールスター戦で、こんなことがあった。

劣勢であったパ・リーグが、九回の表で同点に追いついた。九回の裏を零におさえれば、延長戦になる。ベンチから阪急の山田久志とロッテの村田兆治が出てきて、ブルペンに向って走った。そのとき、山田は、村田に、

「兆治、行こう！」

と、声をかけたそうである。二人の主戦投手が走っていった。その二人は登板予定にはなかった。二人とも、前の試合で投げていた。ふつう、オールスター戦で、エース級の投手が連投をすることはない。監督も遠慮して、そういう使い方をしない。

「すべからく、人生は、そういうふうであってもらいたい」

それは、藤野伝吉が店の名を兆治ときめてから後のことである。兆治はその試合をテレビで見ていた。山田投手の言葉は、翌日のスポーツ新聞で知った。店の名を兆治にしてよかったと思った。

「甘いんだなあ、俺は……。しかし、すべからく、世の中は、そうであってほしいし、そういうものだと思っていた」

兆治は、吉野耕造のような男が、この世にいるということを夢にも思ったことはなかった。しかし、どうも、世の中で、成功をしている男は、人の上に立つ男は、そういうふうな男であるようだ。ぬかりなく、気を配って、他人を蹴落《けお》として……。

城山の山百合のように、ずんずん芽を伸ばして、そのまま真直《まっす》ぐに伸びていけばいいとだけしか考えなかった。

すべからく、というのはおかしいか。あい願わくんば、というのはどうだろう。あい願わくんば、城山の山百合のように……。

兆治は、残りのウイスキイを飲むまえに、小さく欠伸《あくび》した。それから、あきらめは天辺の禿のみならずという岩下の教えた歌を思いだして、一人で笑った。

第六話　雪明り

兆治は、朝は、七時半から八時の間に起床する。こういう商売の男としては早いほうだろう。朝食は、子供たちと一緒のときもあるし、自分一人になってしまうこともある。

朝食を食べ終ると、すぐに家を出る。それを、茂子は、お父さんの朝の散歩と言っている。

兆治は、まず、店へ行く。午後に自転車で行くところを、朝は歩いてゆく。駅前のロータリーを過ぎると、道の両側に飲食店が密集している。そのほかに、酒屋、パン屋、美容院、カメラ屋、二階が民謡研究会事務所になっている喫茶店、金魚や熱帯魚も売っている花屋がある。だから、その道は、朝の出勤時が過ぎると、人通りが絶えてしまう。

同業の店もあるのだけれど、兆治は、若草の峰子以外には付き合いがない。

他の店に較べると、兆治の店は、滑稽《こっけい》なくらいにちいさい。朝になると、それがよくわかる。もとは、道路に面して後向きに建っていた物置小舎《ごや》だった。間口はそれほどでもないのだけれど、まるで奥行というものがない。ふつう、一間半の間口の店屋でも、案外に奥が深くなっているものである。口の悪い河原は、

「おめえンところの店はよう、車をつければ動きだすんじゃねえか。よく夜中に持っていかれねえなあ」

と悪態を吐く。

実際、兆治は、この店で、両親と妻と二人の子供を養っているのが不思議に思われることがある。売上げは、平均すると一日に三万円で、二十五日間働くとして、月にすると七十五万円程度になる。開店当時は、その日の売上げが二万円を越すと、もうこれでいいやと思ってしまったものであるが、この頃は、そうもいかなくなった。税金や仕入上のロスや、無線タクシーの運転手への心づけなどを差引くと、純利益は三十万円を割ってしまう。暮せないことはないが、楽をするというわけにはいかない。移転のことを考えると、頭が痛くなってしまう。

「……だけど、会社をやめるときは、屋台を引っぱってでもと思ったんだから、これでいいのかもしれない」

飲食店が集まっているといっても、たかだか、その道の両側の五、六十メートルばかりのところであるにすぎない。そのあたりから、人家は疎《まば》らになり、畠《はたけ》になってしまう。

兆治は、最初に、店の脇に出してあるポリバケツを見る。稀《まれ》に倒れていることがある。彼が、朝、店を見廻りにゆく第一番の目的はそれである。そういうことが気になる性分である。それから、若草と、両隣の家のゴミバケツを見る。

自分の店の赤提灯《あかちようちん》が出しっぱなしになっていたことが一度だけあった。明け方に風でも吹いたらミットモナイことになった。そのことがあって、朝の見廻りは欠かせないようになった。店に入って火を見る。万に一つも間違いはないはずであるが、炭火を扱っているので、どうしても目がそこへゆく。灰の上に手をかざしてみる。煮込みの鍋《なべ》の蓋《ふた》を取る。正月と盆休みのほかは鍋を洗わない。

内部を、ざっと見渡す。床を掃く。カウンターを拭く。それだけのことをやってから店を出る。

早足で戻ってくる。兆治の足が、だんだんに早くなる。駅を左に折れる。踏切を渡る。突き当りに天満宮がある。めったなことにはお詣《まい》りをしない。天満宮の裏が梅林になっている。

「これはジョギングでもないし、マラソンでもないぞ」

兆治は自分ではそう思っているし、事実、駈けだしたりはしない。トレイニング・パンツを履くこともない。

梅林の奥に立つ。そこから下が切りたった崖《がけ》になっていて、そこが武蔵野《むさしの》台地の端であることがわかる。紅梅は赤くなっているが、まだ匂わない。

晴れた日であるならば富士山が見える。それが兆治の楽しみになっている。富士山だけでなく、丹沢の山々が見える。驚くほど近くに鮮明に山が見える。そのときに、山の近くに住んでいることに気づかされるのである。前の日の夜に、店を出るときに、星空であると、シメタと思う。

純白の富士が見える。長く見ていると、目が痛くなる。陰になっている部分が黒い。兆治は、これが白という色だと思う。どこか、老練のバレリーナの、余分の肉を削《そ》ぎ取ってしまった肢《あし》を思わせるような部分がある。鋭いなあと思う。

兆治は、そこで体操をする。野球部にいたときの準備体操を、半分ぐらいは思いだすことができる。

坐ったまま、立ったままの商売では、運動不足になってしまう。これは自衛手段だと思っている。

そうやって、兆治は、また、早足で家に戻ってくる。決して駈けだすようなことはしない。両足が同時に地を離れることはない。飛ぶようにして歩くだけである。家に帰って、もう一度、一時間ばかり寝る。

土曜日には余分なことが加わる。駅で競馬新聞を買うのである。兆治は、二時半に店へ出て、競馬中継のラジオを聞きながら、モツを切る。結果だけを競馬新聞に記載する。この頃は、競馬の好きな客がふえてきた。兆治は、それを客へのサービスだと思っている。こうしておけば、たいていの質問には答えられる。

日曜日は、どうかすると、朝の運動の続きで、そのまま競馬場まで歩いていってしまうことがある、競馬場まで一里半の道になる。早足で歩くから、冬でも汗ばんでくる。こんなにいい運動はないと茂子に言っている。競馬場で、二レースか三レースの前売馬券を買い、帰りはバスに乗る。馬券は五千円以内ときめている。

ラジオを聞き、テレビを見ていると、兆治は、どうしても、好きな馬ができてしまう。兆治を競馬場へ駆りたてるのはそれである。好きになった馬を追いかけるようにする。

兆治が、朝、店を見廻りにゆくことを、茂子が「お父さんの朝の散歩」と言うのは、だから、ちょっと皮肉がこめられていることになる。

二月の初めの土曜日、兆治の店は、久しぶりに混んでいた。活気があった。満席のために帰った客が六人か七人いて、若草で待っているに違いない客が三人いた。これなら四万円は越すだろうと、兆治は、胸算用で、そう思った。

本来、兆治の店は、どういうわけか、土曜日の成績は悪くなかった。週休二日制の会社がふえてきても、金曜日より土曜日のほうがいい。土地柄のせいだろうと兆治は考えている。

しかし、二月は駄目だ。一月に遊び過ぎるということはあるだろうけれど、受験シーズンであるのがいけない。三人も子供がいる客であれば、誰かが受験にひっかかってしまう。試験勉強のことよりも、入学金のことが伸《の》しかかってくる。三月の半ばまで、それが続く。兆治のような小さな店にも、その影響が及んでくる。

「オフクロの縫ってくれたグローブでね」

と、兆治が言った。

「そう、そう、そう……」

炭火の前にいる沢井と佐野が同時に言った。二人とも外套《がいとう》を着たままである。市役所で残業していたらしい。

「佐野さんなんか、そうじゃないでしょう」

「……」

「若いから」

「だって……。だって、そのくらい想像がつきますよ」

「なんだか、綿入れの着物にツギが当っているようなグローブでね」

佐野が、のけぞって笑った。彼は、息を吐くときでなく、吸いこむときに笑う。茂子は、佐野のことを笑い翡翠《かわせみ》と称《よ》んでいる。

「絣《かすり》のグローブだったりして……」

佐野は、自分で言って、また、連続的に笑った。

「ボールだって、自分でつくるんですよ。ゴムに糸を巻いてね、布《きれ》で縫ってね。これ、こわいんですよ。すぐに破れるから糸が出てきて唸《うな》りを生じて飛んできますからね」

「……」

「そのころ、シールズってやつが来ましてね、昭和二十四年だったかな。私は中学の一年生だったんです。六大学の選抜軍とやったんです。……で、行ったんですよ、後楽園へ」

「あれは引分けだったな」

遠くのほうから、河原が口をだした。

「いや、延長になったんですが、惜しいところで負けました。ピッチャーの関根がよく投げたんですが」

兆治は、いったん、うしろを向いて言った。

「そうだっけな……」

河原は浮かない顔をしている。

「そのときに、パンを持っていったんですよ。電気パンってやつ。これは、佐野さん、知らないでしょう」

「電気パン？　知らないね」

佐野は、笑いを準備しているような顔で言った。

「なかに穴があいているんです」

「じゃあ、ドーナッツを大きくしたような」

「そうそう。そうです。これがうまいんです。このへんですから、粉はいいですからね。地粉《じごな》ですから……。その電気パンのなかに、缶詰の鮭《さけ》が入っていたんですね。当時、鮭缶っていうのは貴重品だったんですよ。こんなにうまいものがあるのかって思いましたね。オフクロがね、私にだまって鮭をいれておいたんですね」

「………」

「その色とか形とか、いまでも、ありありと思いだしますね」

「それが、兆治さんの人生のハイライト?」

「ハイライトです。ひとつのね……」

佐野も沢井も笑った。

「だって、日米野球でしょう、後楽園でしょう、関根に蔭山でしょう、電気パンに鮭缶でしょう……」

河原が出ていって、いれかわりに岩下が入ってきた。

「おっ、賑《にぎ》やかだね」

「おかげでね、今日は良いんだ、珍しく……」

「おい、お前、明日、行くか？」

「さあね。どうしようか」

「行くなら、リンドタイヨーの単勝を買ってきてくれ。俺、血統としてはテスコボーイっていうのが好きなんだよ」

「俺も好きだな」

「それから、行くんなら、帰りに、相場先生のところへ、これ、届けてくれないか」

岩下は、商売物のハムの缶詰を二箇《こ》カウンターの上に置いた。

「もし、行くんならば、だよ。行かないんなら、お前のところで食べてくれ」

「……」

「なにしろ、あそこへ行けば、お金が落っこっているからね」

「へええ。競馬場っていうのは、お金が落っこっているんですか」

洗いものをしている茂子が言った。そういうところをみると、兆治は、めったには儲《もう》からないようだ。

「落っこってますよ。道に落ちているお金はね、屈《かが》まなければ拾えないでしょう。だけど、競馬場のお金は立ったままで拾えるんです」

「……へええ、そうですかねえ。御養子さんが、そんなことをしてもいいんですか」

相場は、第一小学校の先代の校長である。停年退職になる前に、教え子だった女性と再婚して評判を悪くしてしまった。その女性とは、三十歳ちかくも年齢が離れている。兆治も岩下も、相場の妻になった多佳《たか》が孤児であることを知っている。相場校長のことを思うとき、いつでも、兆治は、美談と醜聞とは紙一重の差だという気がしてくる。

「ビールをちょうだい」

と、女が言った。それが、いつかの、保険の外交員をしているという女であることに岩下が気づいた。土建屋の女も一緒だった。

「もういいんじゃないですか」

兆治が、きっぱりとした口調で言って、勘定書を差しだした。二人の女は、無言で出ていった。

「どうも、あの女たち、下卑ていていけない」

兆治は、それを捨て台詞《ぜりふ》のような感じで言った。岩下が笑った。

「だってねえ、赤提灯の旦那に下卑てるって言われたら、あの女たち、もう行くところがないよ」

「来なければいいんだよ」

翌日の日曜日。兆治は、店を見廻り、朝の運動をしてから、家へ帰って、ひと眠りした。昼食を終えて、競馬場へ向った。歩いていった。

岩下に馬券を頼まれていたので、そのレースが終ってから競馬場を出た。そこから歩いて十分ぐらいの岡の上に相場の家がある。厩舎《きゅうしゃ》が茨城県のトレイニング・センターに移転するまでは、相場の家へ行くと、馬の臭いが漾《ただよ》っていたものである。兆治は、その感じが好きだった。

その家は、林に囲まれた南斜面の日溜《ひだま》りに建っていた。家の前に原がある。そこは、神社の所有する土地であって、家が建つ気づかいはない。兆治は、ずっと、こんなところに住んでみたいと思っていた。借景としては申しぶんがない。兆治が、年のうちの何度か、もとの校長の家を訪れるのは、そのことも、いくらかは関係していた。

多佳が出てきた。頭いっぱいに、大きなクリップをつけている。

「あんまり暖いんで、髪を洗ったの。ごめんなさい」

これでは、相場が、多少の陰口をきかれても仕方がないと思った。それくらいに多佳は若く見えた。

多佳が髪を直して出てくるまでに時間がかかった。彼女は、徳利《とっくり》と、兆治の持ってきたイカの塩辛とハムを卓に置いた。

「先生は？」

「もうすぐ、帰ってきますよ。子供たちは塾へ行っていますけれど」

多佳は時計を見た。兆治は盃《さかずき》を伏せたままにしている。

「お出かけですか」

「ええ。でも、わかっているんです。あと五分ぐらいですから」

「……」

「競馬なんですよ」

「えっ？　先生、なさるんですか。知らなかったなあ。……実は、私も、行ってきたんです。私は、最終レースは見ないで帰ってきたもんですから」
七、八分後に、相場の姿が見えた。自転車に乗っている。ビリケン頭にスキー帽をのせているから、すぐにわかる。その自転車は、いったん木のかげにかくれて、また、前の原に出てきた。家の前を横に走ることになる。兆治は手を振った。
「お帰りになりましたよ」

台所のほうへ叫んだ。

相場は、首を垂れ、前屈みになっている。手を振っている兆治のほうを見ようともしない。

「やあやあ。藤野君もやるんだって」

相場は、勢いよく卓の前に坐って、酒を飲んだ。

「この塩辛、うまいね。漬け加減がいい。塩辛を新鮮だと言ってはおかしいが、とてもフレッシュだ。柚子《ゆず》の香りがいい。これ、商売物？　誰が漬けるの？」

「母と女房の合作なんです」

「藤野君がねえ、競馬をやるとは知らなかった」

「私のは運動なんです。こういう商売をはじめたもんですから、少しは動き廻る機会をつくりませんと」

「運動ね、そう、運動……」

「以前は、ヒンドスタンとかパーソロンとか、少しはわかったんですけれど、この頃は新しい種牡馬《しゆぼば》がふえてしまって……。わかるのはテスコボーイかファバージぐらいまでですかね」

相場は、ちょっと変な顔をした。

「いまね、一番の馬がよく勝つんだけれど、①⑥の目が出ないんだ。それでね、ここは近いから、朝から行って、ずっと①⑥ばかり買うんだよ」

相場の話を聞くと、兆治や岩下の競馬とは、まるで別物であることがわかった。

「どうでもいいのね。日向《ひなた》ぼっこをしているのよ。しかし、必ず、①⑥というのは、いつかは出るんだからね」

どうでもいいにしては、自転車の上で、肩を落として、うなだれていた相場の姿は妙だと思った。

「先生、必ず出ますよ、⑯は……」

兆治は急に酔ってきた。相場のほうがしっかりしている。

「藤野君……。三日前に、事件があってね」

多佳が相場の隣に坐った。こんどは薄く化粧している。湯上りの地肌が匂った。

「学校から……、うちの子供の学校だけれどね、電話が掛かってきて、息子と一緒に、すぐ学校へ来てくれって言うのね」

「……」

「上の息子なんだけれど、まだ小学校の四年生なんだ。……それで、さっきの自転車のうしろに息子を乗っけてね、小学校へ行ったんですよ。道々聞いてみると、万引なんだね」

「……」

「ほら、きみらだってやったろう。他愛《たわい》ないもんだけれどね、マーケットから通報があって、先生に調べられて、これが、とんだ船徳でね」

相場が落語が好きだったことを兆治は思いだした。教師が、思い当る人は手をあげなさいと言った。八人が手をあげた。相場の長男は、文房具店で消しゴムを盗んだことを白状した。船徳というのは、そのあたりを指すのだろう。

「学校へ行って、校長室へ案内されて、そこに担任の女の先生が一人でいるのよね。それが、きみ、二十二、三歳なんだよね」

「……………」

「うちの息子を見れば、誰だって孫だって言うよねえ。私は、今年は六十五歳になるんだから……。それは仕方がないよ。だけど、その女の先生だって、孫みたいなもんですよ」

「……………」

「それで、とにかく、そのお嬢さんに頭をさげなくちゃいけないんですよ。孫みたいな人にね。これ、きみ、残酷じゃない？　私だって教職にあったんだから。……きみら、かげで何を言っているか知らないけれど」

「いいえ、私は、そんな……」

「誰だって、二十も三十も若い細君をもらえば何か言いますよ。羨《うらや》ましいと思うかもしれないけれど、そんなもんじゃないんですよ。残酷なことなんですよ、これは」

「……………」

「それで、だ……」相場は手で顔を撫《な》で、頭のほうも撫でた。「その女の先生、何と言ったと思います？」

「……」

「こう言ったんです。あなたのお子さんは首謀者じゃありません。一人、悪い子がいるんです。その子供に唆《そそのか》されて、ついつい、悪気はなくて、面白半分に……ってね」

「……」

「私は、カアッとなってね。だってね、あなたのお子さんは悪くないんです、悪いのが一人おりましてって、こうなんですからね。どうかね、藤野君、これ」

「はあ……」

「私は、カッとなって、こう言ったんです。先生、あなたは、あとの七人にも同じことを言うんですかって」

「……」

「あとの七人の父兄を呼んで、同じことを言うんですかって……。だってねえ、藤野君、私も、さんざん、似たような手を使ってきたんですよ。戦前から四十年間、それ、やってきたんですよ。いま、孫みたいなお嬢さんに、それ言われたんですよ」

「わかります」

「ですから、私、言ってやったんです、おやめなさいって。悪いのはうちの坊主ですって。うちの坊主が首謀者なんだって。みんなにそう言ってくださいって……。昔のようにね、親の前で息子を殴ってくれたほうが、どれくらい気が楽だか知れやしない。……と、まあ、このへんから子別れの下《げ》の巻になるんですがね」

「……」

「若い女房を貰《もら》うっていうのは、人の思うようなことじゃないんですね。これ、残酷なんですよ。悲惨ですよ」

自動車を呼ぶというのを断って、兆治は外へ出た。相場の家の前の原は、霜がおりはじめているようだ。枯芝を踏むと音がする。

そこから下ってゆくと、そのあたりには、まだ雪が残っていた。月のありかはわからないが、全体に薄明るくなっている。雲の流れが早い。

兆治は、まだ赤富士を見たことがない。競馬場から見える富士山は、夕刻になると霞《かす》んでしまう。いつか赤富士というものを見てみたいと思った。

第七話　たそがれの空

勝子が、ヒューというようなウーというような、声にならない声をだした。

「……ねえ、ねえ、見て、見て……」

勝子は、そこにあった茶封筒を引ったくるようにして持っていった。大きく目を瞠《みは》っていた。驚くのと惘《あき》れるのが一緒になって、また、声が出ないようになっていた。そんなものを出しっぱなしにして手洗いへ行ったさよも悪い。給料を袋ごと無くしてしまったこともあるというのに。

「ねえ、ねえ、ミツコ、見てよ、これ」

ミツコは、それをテーブルの上に置いて、数字を読んだ。

「五百円も多いんだから……」

勝子が給料袋の表に書きこまれている明細のうちの一日の保証額のところを指さした。まだ息をはずませていた。頭にきているという状態だった。

「勝子さん！」

ミツコにしても面白くないことは面白くないのだけれど、勝子のやり方が、いくらなんでもあさましいものに思われた。

「おミッちゃん、あんた、腹立たないの」

「……」

「会社には年功序列っちゅうもんがあるわ。そやけど、この商売は別や。なんやねん、婆ぁの癖して」

勝子は昂奮《こうふん》すると、関西弁になってしまう。さよは、だまって給料袋を取り、ハンドバッグへいれた。

「勝子さん……」

「年功序列っちゅうてもねえ、この人、まだ一年にもなっていないじゃないの。私のほうが先輩や。おミッちゃんだって、そうやないの。あんた、ほんとに腹立たへんの?」

ミツコのほうを見ないで、さよを睨《にら》みつけるようにして言った。さよは、なんだそんなことかと思った。彼女は、何でも成り行きにまかせることにしていた。というより、何も考えないでいようと思っていた。その傾向は、だんだんに強まっていた。それが、かえって相手の怒りを誘うようなことにもなった。実際、さよの態度は、ふてぶてしいものに見えた。彼女にとって、給料の多寡は、どうでもいいことだった。

さよは、叱られることには馴《な》れていた。子供のときから叱られてばかりいた。問題は、どうやってそれをやりすごすかということだけだった。

「ママに言うたるわ。こんな馬鹿なこと、許せんわ。おミッちゃん、一緒に行こ……」

勝子とミッコとがロッカー・ルームを出ていった。

さよは、このところ、ずっと、微熱が続いていた。体がだるく、頭が重い。肝臓が悪いのではないかと自分では思っていた。たえず寒気がしている。背中のあたりがスースーする。

それでも、さよは、洋服を脱いだ。ブラジャーをはずし、腰までしかない桃色の薄いワンピースを纏《まと》った。白いパンティーのうえに赤い繻子《しゆす》の下穿《したば》きを重ねた。

事務室から、勝子の叫び声が聞こえてくる。勝子はママの加藤ちゃんに言い負かされて泣いているようだった。何を言われてもいいとさよは思っていた。何を言われても、それで勝子を憎むようなことにはならない。勝子には、酔っぱらうと、全裸になってゴーゴーを踊ったり、ボックスの仕切りの上を渡り歩く癖があった。それをやってくれている間は、こっちも楽になると思っていた。

さよは、キングコングの映画を見たことがある。ある時期から、さよは、自分は、捕えられてからあとのキングコングと同じだと思うようになった。捕えられたキングコングは、ニューヨークに連れてこられて檻《おり》に入れられる。見世物にされた。そのキングコングは、王冠を斜めにかぶっている。それは私だと思っていた。

自分の不注意で火事をだしてしまってからあとのさよはキングコングだった。もっとさかのぼって考えてみると、若い従業員と二人で神谷鉄工を出て、また戻ってきてからあとのさよもキングコングだった。キングコングは、ものを考えたりしてはいけないと思っていた。隙間《すきま》風が吹いてくる。もしかしたら、その部屋に風なんかは這入《はい》りこんでいないのかもしれない。きれぎれに、勝子の泣き声が聞こえてくる。さよは、両腕を前で重ねて、胸を抱えるようにした。

客は、まだ、一人も来ない。七時を過ぎていた。女たちは、風の通り路《みち》でないところで、ひとかたまりになっている。そのあたりに大蒜《にんにく》の臭いがたちこめている。五目ソバや餃子《ギョーザ》を食べた女が多いのだろう。

「ああ、飲みたいなあ」と、誰かが言った。「早く、客の野郎、来ないかな」

「飲みたいんじゃなくて、やりたいんだろう」

それで、また、静かになった。

事務室やロッカー・ルームに続く、ビロードの垂れ幕の間から、エミリーの笑子《えみこ》が出てきた。背が低く肥《ふと》っている笑子は濃い口紅をつけていて、サーカスの女のように見えた。

笑子が、漫画雑誌を読んでいるさよに言った。

「ママが呼んでいるわよ」

さよは、ロッカー・ルームでコートを羽織って事務室へ入っていった。

「キャッシーから聞いたわよ。……まあ、お坐りなさいよ」

ママの加藤ちゃんは、誰でも、そんなふうに呼び、それが店での源氏名になってしまう。彼女は、米軍将校のオンリーだったという噂《うわさ》があった。

ガスストーブのある事務室は暖い。

「間違いじゃないかって……。間違いなんかであるもんですか」

「……」

「私でも長井でも、見るべきところは、ちゃんと見ているんですから。……サリー、あんた、寒いの?」

サリーのさよは、加藤ちゃんのほうを見て、しばらくしてから項突《うなず》いた。

「寒いんだったら、こっちへいらっしゃいよ」

加藤ちゃんは、ストーブに近い椅子を目で知らせた。

「変ねえ、この部屋、あったかいでしょう。……まあ、いいわ。それで、あんた、あんまり乗っけないでしょう」

この店は、八時までのセットが二千五百円であるとすると、そのあとの売上げの三割が女の収入になる。また、勘定の合計のうえに、自分の取り分を加えることは自由であって、乗っけるというのはそのことである。そのかわり、集金も女の役割になる。

「私、いいんです、あんまり……。ツケが溜《たま》ると、こわいんです。自信ありませんから」

「いいのよ、わかってるのよ。あんた、休まないし、遅刻しないし、文句を言わないし……。それ、見てるつもりなんですよ」

「すみません」

「ですから少しだけど保証を多くしてるの。だけどね、サリー、お給料が違うって、とっても厭《いや》なもんなのよ」

「……」

「私ね、勤めていたときにね、一緒に働いていた人と百円違っても気持が悪かったわ。月給で百円よ。だから、さっきのことみたいに、一日の最低保証で五百円違うと、二十日で一万円でしょう。キャッシーが怒るのも無理ないところがあるのよ。……私は、うんと言ってやりましたけどね」

このときも、さよは、どうでもいいやと思っていた。それより、早く酒を飲んで、わけがわからないようになって、早く部屋へ帰って眠りたいと思っていた。

まあ、いいさ、いいさ……。子供のときから、さよは、いつでも、腹のなかで、そう思っていた。まあ、いいさ、いいさ、どうでもいいや。

幼いときから、さよは、物事に感動することがなかった。花を見て美しいと思い、犬や猫を見て可愛らしいと思うことがなかった。自分は少しおかしいのではないかと思うことがあったが、周囲の人たちが偽善的に思われることもあった。

「ですからね、あんたも悪いのよ。ああいうものを出しっぱなしにするなんていうのはね。こんどから、すぐにしまってちょうだいね」

「はい」

「だけどね、私、保証金は、もっとあげるつもりなのよ。長井にも言ってあるの。……どうして、うちはデブばかり集まってくるんでしょうねえ。食べすぎなのよね。……そこへゆくと、あんたは違うわ」

加藤ちゃんは、妬《ねた》ましいような目つきでさよを見た。

「齢《とし》ですから」

「違うのよ。タマが違うのね。サリーのこと、お客さんは、みんな二十代だと思っているのよね」

「……」

「あんたねえ、この前も言ったけど、どうして、もっと陽気になれないの。うちへ来るお客さんは、ぱあっとやりたいと思っているんだから、もっと明るくならなくちゃ。あんたが席に来ると陰気になるって言うお客さんもいるのよ」

「すみません……」

「それがいいって言う人もいるけれどね。それと、お化粧、どうにかならないの」

「……」

「もっと強《きつ》くしないと、お店では引き立たないのよ。お店は暗いでしょう。だから……。アイラインもアイシャドウももっと強くしないとね。あんた、色が白いから、引っ立つんだから。十メートル先きから見て、あ、あの娘《こ》だってわかるようにしなくちゃ……」

テープで流している音楽の音量があがった。それが客が来たという合図になっている。

「それに、その髪、なあに？」

「……」

「あんた、もう、姐《ねえ》さん株なんだから、そんな狼《おおかみ》みたいな、学生みたいな頭だめよ。……そうねえ、思いきって、カーリーヘヤーにしてみない？　きっと似あうわよ。それに、気分も、ぐっと変るから」

そんなことをしたら、いよいよキングコングになると思った。

ありがとうございましたと言ってさよは立ちあがった。

「サリー、熱があるんじゃないの？　顔が赤いわよ」

さよは、頸《くび》を振って笑った。

八時半になった。さよの隣に坐っている客は、執拗《しつよう》に、さよの股間《こかん》に右手を置こうとする。さよは、何度も何度も、それを振り払っている。彼女は、体を固くしている。客は小学校の教師であるという。

「そんなことするんなら、四階へ行ったらいいじゃないの」

向い側に坐っているエミリーが言った。エミリーは客に抱きよせられていて、何をされているのか、暗くて見えない。四階は長襦袢《ながじゆばん》サロンと呼ばれるチェーン店の一軒である。

「女の股《また》に力ありと教わったもんですが。ねえ、校長、努力の努は、女の又に力ありと教わらなかったですか」

「お前、そんな下品な教え方をしているのか。そりゃ問題だな」

「いや、私は、そんなこと、教えませんよ。いまは、そんなこと、駄目です。ＰＴＡがうるさいですから。私は、田舎の中学で教わったんです」

「……」

「怒張の怒は、女の又に心ありです。女に心があれば、男の血管はふくれあがるんです。ねえ、きみ。しかし、きみは美人だねえ。お住まいはどこ？」

さよは、黙って男の手を払い、ビールを飲んだ。すぐに酔ってしまって、朦朧《もうろう》となりかける。

「むかし、映画は、超《ちょう》弩《ど》級篇《きゅうへん》といったでしょう。広告なんかで……。きみ、超弩級篇の弩っていう字知ってる？」

「……」

「弩級の弩というのは、何物をも怖《おそ》れぬという意味です。だから、弩級の弩は、女の又が弓なりになるんです。これ、すなわち、何物をも怖れぬ形です。どうですか、きみ……」

小学教師は、あきらめて、手をひっこめた。そのかわりに、さよの住所を聞きだそうとする。

さよは答えない。

背後のボックスから、勝子が顔をだして言った。

「このひとのうち、スーパーの忠実屋の向いの肉屋の二階よ」

十時を過ぎて、さよの客が変っていた。その客が越智《おち》であり、向い側に坐った年輩の客の名が有田であることがわかった。

十五、六人の宴会の流れの客が入ってきて、ほぼ満席になった。さよとしても、どちらかといえば、賑《にぎ》やかで売上げが多いほうがよかった。

「あの人はね、親会社の組合の委員長だったんですよ」

と、有田が言った。

「吉野専務がですか」

「そうですよ」

「そうは見えませんね」

「でしょう？　俺も驚いたね。そんな、まあ、情熱家じゃないと思っていたんだ。とにかく、キレ者で有名だったんだね」

「いや、わかるような気もしてきましたね。情熱家っていうんじゃなくて、陰湿で理詰めで正論家で……」

「そうかもしれない。あれは、セイロン党でセイロン紅茶なんだ」

誰も笑わない。有田は、こういうキャバレーでも遊び馴れているようで、彼の左手は、エミリーの下穿きのなかに潜っていた。

「あの人を敵に廻したらかなわないっていう気がしますね。ずるいかもしれないけれど、損だと思いますね」

「越智君もそう思うかね。俺もそう思うよ。どうすることもキャンノットなんだ」

さよは、あまりおかしくもないのに笑った。

「あ、笑ったね。お嬢さん、きみでも笑うことがあるんだね」

「ええ、私だって……」

そう言うつもりが、声が掠《かす》れてしまって言葉にならない。

「それでねえ、越智君、吉野耕造はね、親会社を馘首《くび》になったんだ。……こっちへ来たんだから、まあ、左遷かねえ」

「……」

「ところがねえ、これに二説あってね、馘首じゃないっていう説もあるんだ。表むきは馘首なり左遷なりにしておいて……」

有田は、中腰になってあたりを見廻し、坐りなおしてから続けた。

「実はスパイだったっていうんだね。だから、俺が入社したとき吉野耕造は工場長にもなっていなかったんだけれど、今日の地位は約束されていたっていうんだね。きみ、会社っていうのは怖いところなんだよ」

「スパイっていうのは組合活動の……」

「そう。その通り。手の内は全部わかっているし、筒抜けなんだね、なんでも。手下がいるから……。ボーナスのときでもね、組合大会が終る前に、吉野専務には要求額がわかっているんだからね」

「ああ、いつか問題になったことがありましたね。組合大会の途中で気分が悪いから帰らせてくれっていう男がいて……」

「そういうのが、あやしいのよ」

膝の上に置かれている越智の手をさよはおさえるようにしていた。その手がビクッと慄《ふる》えた。藤野という名がでたからだった。

「藤野だってそうだよ。気の毒に……。越智君、知ってるだろう」

「いれかわりですから、顔は知りませんが、話は聞いています」

「あれはね、スケープゴートなのよ。見せしめなのよね」

「突然、総務課長に任命されたっていう話でしょう」

「いられるわけありませんよ、あの気性なんだから……。あのときの総務課長っていうのは首切役人なんだからね」

「そうだって言いますね」

「可哀相なのは、当人が本当の理由を知らないっていうことね。ずいぶん悩んだらしいけど……。ねえ、越智君、もっと凄《すご》い話があるんだよ」

さよは手洗いに立った。

兆治に電話を掛けようと思ったが、レジのところにある受話器に手をふれただけで思いとどまった。体が揺れていた。少し涙を流した。顔を直して席にもどると、有田は、エミリーを抱えたままで眠っていた。

さよは、はずみをつけて越智の隣に坐り、有田の水割りのグラスを呷《あお》った。越智に密着した。

「ねえ、藤野って藤野伝吉さんのこと!」

「知ってるの?」

「知らないわよ」

どうだっていいや、と思った。越智の手を下穿きのなかにみちびいた。越智の指が、やわらかくてざらざらしているものに触れた。

「ねえ……」

さよは左手を越智の首に巻き、右手でビールを飲んだ。

「ねえ、ウイスキイ、貰《もら》っていい?」

あのとき、さよは、兆治の、さよちゃーんという声を聞いたように思った。しかし、声とは反対のほうへ離魂病者のように歩いていた。どうだっていいや、あんな奴。まあ、いいさ、いいさ……。ちぇっ、シャンソンの好きなワキメメだって? 勝手にしてくださいよ。

「ねえ、藤野さんて、いま、ヤキトリ屋をやっているでしょう」

越智は気味わるそうな顔でさよの顔を見た。

「サリーだっけね。きみ、こっちをむいて、俺の顔を見てごらん……。そう。それから、目だけ動かして、有田さんのほうを見てくれよ」

さよは、言われた通りにして、すぐにやめた。

「とっても綺麗《きれい》だ、その目が……」

「いやだわ」

「……」

「ねえ、藤野伝吉さんの話をしてよ」

「……」

さよは、越智の指を自分のなかに押しこんだ。ああ……。越智は、あえかなものから熱湯が迸《ほとばし》るのを感じた。

さよは、忠実屋の向い側の肉屋の二階の部屋で、鏡を見ていた。また、加藤ちゃんに叱られると思った。髪がくしゃくしゃになっていた。

越智も目をさましているようだった。翌日の夕暮になっていた。六時半までに店へ行けばいい。いつもはもっと早く行くのだけれど。

「ねえ、結婚しないか」

布団をかぶったままで越智が言った。

「……？」

さよは窓をあけた。肉屋の看板の裏側が見えた。そのうえに夕暮の空がひろがっている。鉛色の空である。それは、曇天なのではなくて、快晴の春の日が暮れるところであるようだった。

「結婚してくれないか」

越智が顔を出した。さよが笑った。

「鼻でせせら笑わなくたっていいじゃないか」

「……」

「俺、本気だぜ」

「私はね、来月の誕生日で三十七歳になるのよ」

「齢のことなんか、どうだっていいじゃないか。俺、独身だぜ。嘘《うそ》じゃないよ。俺の友達にね……」

「私には夫がいます」

さよは、ピシャッという感じで言った。

「別れたんだろう」

「別れていません。向うは、私の帰るのを待っています。夫のほかに二人の子供もいます」

「……」

「私の生まれた村では、夫の家は、旧家で大金持です」

神谷久太郎のところへ帰るのは、まっぴらごめんだと思っていた。二人の子供にも、格別の愛情もない。それに、第一、帰ろうにも帰れない。

「別れればいいじゃないか」

「別れてくれるような人じゃないんです」

愛想のない女だなあと越智は思った。

「きみ、熱があるんじゃないか」

「熱っぽいだけです」

枕もとに体温計があった。それは六度八分を指していた。頭が痛い。胃のあたりから、たえずこみあげてくるものがある。

さよは、まだ、夕暮の、雲のない、うっすらと赤味のあるような空を見ていた。

第八話　春のかりがね

「……俺の名前を呼ぶ奴がいるんだ」

と、下平寛が言った。下平は、この町のタクシーの運転手で、寛はヒロシなのだが、誰もが、カンちゃん、もしくはシモカンと呼んでいる。

「おめえの名前を？」

同じ会社の運転手である秋本は、酔ったときの癖で、ときどきクックッと癇性《かんしょう》に鼻を鳴らしている。

「そうだよ。俺の名を呼ぶんだ」

「どこで？」

「そこの街道へ出る踏切のところでよ」

下平が、そっちのほうを指さした。

「ああ、そこの無人踏切か」

「そう、そう」

「いつって、この前の出番だから、三日前になるかな」

「いつ？」

「男か女か……？」

「男か女かぁ？　それはわからない」

「わからねえって、おめえ、そんな馬鹿な話があるかよ」

秋本は、背後の硝子《ガラス》戸をあけて、鼻と喉《のど》を鳴らし、大きく息を吸いこんでから、盛大に痰《たん》を吐いた。

下平も秋本も非番である。非番の日の夜は、九時には寝てしまわないといけない。秋本は、テレビの水戸黄門《みとこうもん》が終ったらという言い方をする。……そうでないと体がもたないのであるが、二人とも、承知していて帰りそびれている。

この二人が一緒にくると、掛合い漫才のようになってしまって、葱《ねぎ》を刻んでいる茂子が思わず手をとめてしまうようなことがある。茂子は、あああと言い、あぶなくってしょうがないと思う。

「……そんな馬鹿な話があるかよ」

「あるんだなあ、それが」

「……」

「カン、カン、カン、ってね」

「そりゃ、おめえ、踏切だもん、カンカンカンって鳴るわなあ」

「そうじゃないんだ。電車は来ていねえんだよ。まあ、踏切だから一時停止するだろう。ところが、右を見ても左を見ても、電車の姿は見えないのよ。それでもって、俺の名前を呼ぶ奴がいるんだよ」

「……」

「カン、カン、カン、カン……」

「なんだ、それは」

「人間の声でもってねえ。機械の音じゃない。警笛の音じゃない」

「だから、何なんだ、それは」

「踏切の向うに薬屋ができたろう」

「ああ、あるある……」

「あの薬屋で九官鳥を飼っているんだ。そいつが警笛の音を憶《おぼ》えちまったんだね」

「……」

「カン、カン、カン……。馬鹿にしてやがるじゃないか」

皿を洗っていた茂子が、ああと言い、ハンカチで鼻をかんだ。それから、こっちをむいて、下平を睨《にら》むようにした。

「カン、カン、カン、カン」

「もう、やめてよ」

「だから言ったろう。男だか女だかわからないって……」

下平が立ちあがって、便所へ行った。植村のうしろを通り抜けるとき、すいません、酔っぱらっちゃって、と真顔で言った。

「なんだ、きみかぁ……」

市会議員の植村が下平の顔を見あげるようにした。タクシーの運転手は、バックミラーでもって客の顔を見るが、客のほうは、案外に運転手の顔を知らないでいるものである。

便所の前の、いつも岩下が坐るところに、若い男が坐っている。その隣に若い女がいる。この二人は、下平や秋本の声が耳に入らないようだ。ときどき、このアヴェックのあいだに茂子が首を突っこむようにして低声《こごえ》で話をしている。

「……あのオバケがね……」

秋本が、モツを切っている兆治に言った。去年の夏、この町の農村地帯に女のオバケが出るという噂《うわさ》が立った。

「あんたたちの言う、オバケじゃないんですか」

運転手は、深夜、ビル街とか畠《はたけ》のなかとか、ありそうもないところで呼びとめる客のことをオバケと言っている。

「そうじゃない。正真正銘のオバケだっていうね」

「秋本さん、そのオバケを乗っけたことがあるんですか」

「俺は、ないよ。冗談じゃない。オバケっていうのはね、成仏させてくれるような金持のところへしか出ないんだよ」

下平に浚《さら》われてしまったので、秋本はそれを言いたかったらしい。そこへ、若草の峰子が来て、一時、オバケとキツネツキの話になった。下平と秋本は、いよいよ帰り辛《づら》くなってしまった。

「茂子さん、体のほう、いいの？」

峰子が、アヴェックと話しこんでいる茂子に言った。振りむいた茂子の目が赤い。茂子は、また、鼻をかんだ。

「ええ、もう、だいじょうぶ」

「無理しないほうがいいんでねえの」

「桜の花の蕾《つぼみ》のころがいけないのよ。咲ききってしまうと、直っちまうのよ」

茂子は鼻炎がひどくなって、三日ばかり店を休んでいた。

「季節の変り目ってやつだね」

「そうなの。アレルギーなのよ。毎年、そうなのよ」

ふだんでも茂子は鼻声である。その鼻の下あたりが切れて血がでるようになると店を休まなければならない。

「花粉のアレルギーかね」

「そうなのね。でも、変なのよ。花が開いてしまうと直るんですから」

「今日あたり、大学通りも団地の通りも満開だからね。でも、困るわよねえ」

「蕾の頃がいけないのよ」

黙って聞いていた下平が、大きな声で言った。

「桜の花の蕾の頃かあ！」

「なによ、このシト。感傷的《センチメンタル》な声張りあげちまってからに」

「いや、思いだすんだよ、毎年……」

「カンちゃんもアレルギーかね」

「違うよ、俺のは」

下平も酔ってしまったようだ。

「じゃ、なによ」

「卒業式だよ、小学校の……」

「卒業式っていうのは、もうちょっと前なんでねえの」

「いや、蕾の頃だよ。蕾が赤くなっているよ」

「そうかねえ。岩手のほうじゃ、まあだまだだねえ」

「俺もねえ、茂子さんじゃないけれど、桜の蕾の頃におかしくなっちまうんだ」

「ンじゃあ、好きな女の子でもいたんだっぺっちゃ……」

そのときだけ、アヴェックの男のほうが下平を見た。

「そうじゃないんだ。言っちまうけどね、俺、人に言うのは今日が初めてだけどね、俺、卒業式のとき、免状もらうだろう、あの免状、もらえなかったんだ」

「……」

「筒に入っているでしょう。焦茶色のボツボツのある紙の筒があるでしょう。俺、そうっと見たら、俺の、免状が入っていなかったんだ」

「……」

「筒だけなのよね。筒だけ貰《もら》って家へ帰ってきたのよ。そのときのショック、どうしたって忘れられないよ」

「ひでえことするんでねえの。おたくの学校の先生……」

「しかし、中学までは義務教育だから」

兆治が下平の前にきて言った。

「そうなんだ。それで、夜おそく、家へ帰ったんだ。だって、オヤジにもオフクロにもあわせる顔がないもんね。そうしたら、校長がいるのよ」

「相場校長ですか」

「そう。相場先生。夕方から、ずっと待っていたんだって」

「……」

「先生、俺の免状を持っているのよ。それでね、私は教育者として、きみを卒業させるわけにはいかないって。そりゃそうだよ、俺、半分ぐらいしか学校へ行かなかったからね」

「……」

「だけど、義務教育だから、進学の手続きだけはとったって。だけど、この免状は差しあげられませんって」

「……」

「そのかわり、あと五ヵ月間、つまり、中学一年の夏休みが終るまで、毎晩、二時間ずつ私の家へ来て勉強するんなら、八月の終りに、これ、あげますって……」

「で、行ったんですか」

「行ったんだよ。国語と算数だけね。小学一年生の教科書から、そっくりやり直したんだよ」

「一年生の教科書？」

「だって、俺、掛算の九九も出来なかったんだよ。……だけどね、一年生の国語の教科書なんて、二日もあれば終りだよ。俺、猛烈に勉強したんだ。漢字も書けるようになった」

「いまじゃ組合の委員長だもんね」

秋本が言ったが誰も笑わなかった。

「名校長だねえ、相場先生……」

あたし、今日、駄目だわ、と言って、茂子がエプロンで顔を覆った。

「下平さん、あんた、偉いよ。校長も偉いけれど、あんたも偉いよ」

「偉くはありませんよ。あのときの勢いでもって、ずっと勉強していれば偉かったんだけれどね。いまじゃね、九官鳥にだって馬鹿にされちまうしね」

「………」

「俺、こんな話、初めて言ったんだよ。相場先生が絶対に誰にも言うなって言ったんだから……。だから、これ、秘密ね」

「じゃあ、八月三十一日に、二人だけで、また卒業式をやったのかね」

「そうなんだ。先生がトンカツを揚げてくれてね。ビール一杯だけ飲ましてくれた」

「いいねえ」

「だけどさあ、こっちの身にもなってよ。筒のなかは空っぽなのよ。ショックですよ、これは。どうしたって、毎年ね、思いだすのよ。ほら、小学生でも中学生でも、筒を持って歩くでしょう。あれ見ると、おかしくなるの」

「下平さん、こんど一緒に相場先生のところへ行こうよ。まだお元気ですから」

「だって、若い奥さんを貰ったっていうじゃないの。俺、そういうの、厭《いや》だな。がっかりすると厭だからな」

ミーコが顔だけだして、峰子の肩を突ついた。若草に客がきたようだ。峰子が帰った。

「あの女、キツネツキじゃないのか」

と、秋本が言った。

「どっちの?」

「おかみさんのほう……。俺、このあいだ、峰子っていったっけ、バス停で待っているところを見たら、狐にそっくりなのよ」

秋本が狐の恰好《かっこう》をした。

「よしなさいよ、そんなひどいこと言うの」

茂子の目が怒っている。

植村は下平の話の途中で帰っていた。

「きっと、また来ますから」

はじめて片岡が兆治に言った。店のなかは、兆治と茂子とアヴェックだけになっていた。片岡は、似たような意味のことを女にも囁《ささや》いたようだ。女は、強い九州北部の訛《なま》りで何かを叫び、泣きだした。

「この店のモツ焼きの味、忘れませんから」

片岡は、勢いこんで、兆治の顔を見て言った。

「あら、忘れないのはそれだけ？」

茂子が高い声で言った。ふつう、高い女の声は癇にさわるものであるが、鼻声であるので柔らかい感じになる。

女が顔をあげて、無理に笑おうとした。それから頸《くび》を振った。髪のなかから広い額《ひたい》があらわれた。

「秋本さん、だいじょうぶかしらね。明日の朝、六時の成田空港っていうのを受けているって言ってたけど……」

「だいじょうぶだろう。まあ、たまには、しょうがない」

「今日は下平さんの独演会だったから、ちょっとご機嫌がわるかった」

「非番の日は早く寝なきゃいけないっていうのが気の毒でね」

アヴェックが帰り、茂子も先きに帰った。

十

「あ……。いいかい？」

岩下が入ってきた。灰皿も洗って一箇所に積みあげてある。むろん、火は落としてある。時半を過ぎていた。

「いいよ。……今日は遅いじゃないか」

兆治がカウンターを拭き終えたところだった。

「やってたもんでね」

「なにを？」

「何をって、花見じゃないか。店の連中とね、やってたもんだから」

「どうりで、赤い顔をしていると思った。珍しく……」

兆治が二人分の水割りをつくった。

「毎年ね、四月の二度目の休日の前日ときまっているんだ」

「どのへん？」

「大学通りの本屋の前あたりだ」

「じゃ、割に駅のそばだね」

「そう、そう。……ああ、そうだ、ここへ曲ってくるところに大きな桜の木があるだろう」

「いちばん古いやつね」

「その木の下でね、若い男と女が、立ったまま泣いているんだ。そんなのはちっとも珍しくないけれどね、お前ん《ゝ》ところの客じゃないかと思ってね」

「赤いシャツを着ていたかね」

「男のほうがね」

「じゃあ、片岡さんだ。まだそんなところにいたのか」

「どうかしたのかね」

「いままで、そこに坐っていたんだよ」

電話が鳴った。兆治がそれを取ったが、信号音が二回で切れた。

「どうしたんだ」

「毎年、客同士で同じようなのが一組か二組かは出来ちまうんだけれど」

「……」

「あれはね、男のほうが東北へ帰るんだ。盛岡のそばだって言ってたけれど、どうも困っちまうんだね、これが」

「学生さんか」

「そうなんだ。こればっかりは、どうも……」

「泣いて行くウエルテルに逢ふ朧哉《おぼろかな》。まあ、そういうやつだね」

「なんだ、それは。俳句か……」

「意外にも、これが尾崎紅葉作でね」

「相変らず、短歌や俳句にはくわしいね」

「いや、新聞の歳時記の欄に出ていた句でね。気にいったのがあると手帳に書いておくんだよ」

この町には、国立大学のほかに、音楽学校と美術学校とがある。地方都市から出てきて、四年間ここで学んで、また帰ってゆく学生が多いのである。たいていは中学か高校の教師になるようだ。

「片岡さんは美術のほうで、エッチングをやっているんだけれど、なかなかいい青年だよ」

「女のほうは?」

「こっちが音楽でね、東京の楽器会社に就職がきまっちまったんだ。宣伝関係のエレクトーン奏者だっていうんだけれどね」

「それで、どうなるの？」

「なにが……」

「毎年だって言っただろう」

「毎年ね、一組や二組は、この店で知りあって、出来ちまってね。俺より茂子のほうが辛《つら》いのよ、相談に乗ってくれって頼まれるから……」

「だからさ、そのあと……」

「それが、どうもね。……お茶でも淹《い》れようか」

「ああ、お茶がいいね。それと、エシャーレットないかな」

「悪いな、エシャがきれちゃって」

「じゃ、菜の花にしよう」

兆治はガスの火をつけた。肉と脂の臭いが消えてしまって、ひんやりとしている。

「泣いて行くウエルテル、か」

「ところがね、これが、案外、まとまらないのよ」

「駄目か」

「あんなにね、泣いたり喚《わめ》いたり、誓ったりするけれど、結局、駄目なのよ。不思議なもんだね」

「恋愛って、そんなもんかね」

「自慢じゃないけど、うちの店へ来る若い人たちは割合いいんだけれどもね」

「北へ帰る雁か」

「なんだ、それも俳句の季題か？」

「よく知らない。帰雁《きがん》っていうのがあったような気がするけれど。そうか、あのウエルテルは盛岡か」

「毎年のように見ていると、こっちには感激がないのよ。なんか、年々歳々、三月四月の行事みたいでね。茂子なんか夢中になるけれど、こっちは馬鹿馬鹿しくてね。半年も経つと片っ方が新しい恋人を連れてきたりしてね……」

そこへ、また、電話が鳴った。信号三回で、兆治が受話器を取った。

「……もしもし、兆治ですが……」

兆治は、十秒ぐらい待って、電話を切った。

「間違い電話か？」

「いや……」

「こういう電話がよく掛かるのか」

「ときどきね……。むこうの呼吸する音だけが聞こえてきてね。それで男か女かがわかるときがあるね」

「どっちだった?」

「いまは、わからなかった」

寒くなってきた。

「お前、追い立てのこと、どうなった」

「大家《おおや》さんがいい人だから、まあね……」

そのことは、解決も進展もなかった。

「年々歳々か。……お前、一年がだんだんに短くなったと思わないか」

「短くなってきたね」

「その一年もね、本当にいいのは四月から十一月いっぱいまでなんだよね。そこから七月八月を除くとね、一年って半年なんだよね」

「そうなるかなあ」

「雑木林に葉があるのは、四月から十一月までなんだよね。十一月になると紅葉して散りだすから」

「……」

「新芽が青葉になって、そうすると、もう、鮎《あゆ》の解禁だ。……ああ、お前、今年は釣《つり》に行かないか」

「ああ……」

兆治は釣は好まないが、友人たちと渓谷へ行きたいとは思っていた。

「お前なあ、鮎の匂いは西瓜《すいか》の匂いって知ってるか」

「知らないなあ」

「鮎の匂いと西瓜の匂いとは同じなんだ」

そう言われると、そんなような気がしてくる。

「……そうかなあ……」

兆治が茶碗と灰皿を洗っている。

「お前、いま、何か言ったか」

「いや、別に……」

「お前、何を考えているんだ」

兆治は、ぼんやりと、寒くなってきた土間の土の匂いも鮎の匂いに似ているのではないかと思っていた。

第九話　軒の橘《たちばな》

ようやく、窓を明けはなってもいいような陽気になった。夜になって馨《かぐわ》しい匂いが漾《ただよ》ってくる。何の花の匂いであるかはわからないが。……兆治の店も、焼きものの煙が立ち籠《こ》めるようなことはなくなった。

「ねえ、奥さん、じゃない、お内儀《かみ》さんか。ねえ、お内儀さん、聞いてくださいよ」

「……？」

秋本は、いくらも飲まないのに酔ってしまっている。

「ねえ、お内儀さん。……お内儀さんじゃ駄目か、茂子さんか。ねえ、茂子さん、聞いてくださいってばよう」

「聞いているわよ。どうしたの」

「俺、ジューサーを買ったんだ」

「ああ、そう。よかったわねえ……」

「それが、ちっともよくないのよ。この間のね、ベースアップでもって、その差額でもってよう、ジューサーを買ったのよ」

「……」

「俺、前っからよう、ジューサーがほしかったのよ。だって、あれ、野菜ジュースってのは、体にいいって言うじゃん」

「そうよ」

「それに、朝、ジューサーでもって野菜ジュースを飲むっていうのは、あれ、何て言ったっけ、ほら、中流家庭の雰囲気《ふんいき》じゃないの」

茂子が、ふきだした。

「笑うことはないんじゃないの」

「ごめんなさい」

「だけんどよう、おっかあのやつ、厭《いや》だって言うのね。野菜ジュースをつくるのは厭だって言いやがるの」

「どうして？」

「あとで掃除するのが面倒臭いって言うのね」

「ああ、あれ、そうなのよ。洗ったり掃除したりするのに手間がかかるのよ」

「だけんど、そんな言い草ってあるのかねえ。亭主が、せっかく買ってきたのに……。それもさあ、体にいいって聞いたもんだから買ってきたのよ。亭主の体のことも少しは考えろって言ってやったの」

「……」

「それに、第一、使ってみもしねえで掃除が面倒臭いなんて、どうしてわかるんだって言ったのよ。そうしたら、お父さん、あんた忘れたのって言うのよ」

「……」

「二年前に娘が貰《もら》ってきたのよ。上の娘はスーパーに勤めていてね、ときどき、売れ残った商品をみんなでわけて貰ってくることがあるのね。俺、すっかり忘れていたのよ。そんとき、娘はジューサーを貰ってきたのね。それがまだあるのよね」

「駄目じゃないの」

「二年前のそんときによう、俺、こんな青臭いもの飲めるかって吐きだしたのよ。それ、忘れちまってるのね」

「……」

「だけんどよう、俺がジューサーを買ってきたら、黙って……黙ってじゃねえけんど、はいはいって言って野菜ジュースをつくるのが女房の役目なんじゃないの」

「そうかしら」

「そうですよ。この頃は、ろくすっぽ口もきかねえのよ、おっかあのやつ。呼んだって返辞もしやがらねえ。ああいうの、あれ、更年期って言うのかねえ」

若草から歌が聞こえてくる。〽ああ、あなたまかせの、あああああ、夜だから……。男と女の掛けあいのようになっている。

「峰子さん、ハッスルしてるじゃないの」

「男の声は井上さんだ」

と、兆治が言った。

「さっきから、大変ね」

「井上さんも歌いっぱなしのようだね」

「なにしろ、百万円のカラオケ・セットを買ったって言うんだから」

「七つ下がりの雨と四十過ぎての道楽はやまぬ、って言うから」

兆治はうしろむきのままでツナギを切っている。

「だけどねえ、秋本さん」

と、沢井が言った。秋本は驚いたような顔でそっちを見た。

「……秋本さん、おたくの奥さんは煮物はつくってくれるんでしょう」

「煮物？　野菜の煮物ね。それはやりますよ。なんせ百姓の娘だから、野菜の煮つけは上手なんですよ」

「煮物のほうがいいって言いますよ」

「そうですかね。だけんど、生野菜とか生ジュースは体にいいって言うじゃないですか」

「本当はそうじゃないんですね。煮物のほうが体に入ってからビタミンの吸収がいいんですね」

沢井は、市役所で環境衛生を担当している。そこで得た知恵だろう。

「そうなんですか」

「それに、この頃のレタスなんて、ぱさぱさじゃないですか」

「そう言われると、そうですね。あんな兎の餌《えさ》みたいなやつ、営養があると思ってなかったんだけんどね」

「そのジューサーのことなんだけれど……」

兆治が丸椅子から立ちあがり、秋本と沢井を交互に見て言った。

「まだ、昔の出たての頃におふくろが買ってきましてね、最初にお汁粉をつくったんですよ」

「………」

「まず、小豆を煮ましてね。田舎汁粉じゃなくて御膳汁粉をつくろうと思ったんです、漉餡《こしあん》の……」

「その時分、ミキサーって言いませんでしたか」

「ああ、そうそう。ミキサーです。それで、一発で割れちまったんです、ミキサーが。その頃、ガラスだったでしょう。小豆は熱いでしょう。一発でこわれちまったんです」

「一発で？」

「ええ、一回で駄目になっちまったんです。何にも使わないで……。思いつきはよかったんですけれど。……だけど、子供の身になってごらんなさいよ。いまかいまかと思って待っていたんですから」

「生ジュースとか九龍虫とか紅茶キノコとか、あれ、みんな、いっときだけのもんでしたね」

「あ、あ、あ……」

兆治が叫び声をあげた。

「先生……。先生、いらっしゃい」

相場が縄暖簾《なわのれん》から顔を出している。

「先生、どうぞ。……どうぞ、おはいりください。おい、茂子、相場先生だ」

「このへんだって聞いたもんだから」

相場は、のっそりと入ってきて、いつも岩下の坐る奥の椅子に腰をおろした。

「どうなさったんですか」

「クラス会に呼ばれてね。国電の駅のほうの料理屋だったんだけれど、きみのことを思いだして……」

「有難うございます。誰か送ってくればいいのに、気がきかないなあ。……歩いていらしたんですか」

「そう」

「おい、茂子。岩下に電話してくれ。相場先生がいらしたって」

「あら、若草にいらっしゃるわよ」

「………」

「さっき、そこで会ったのよ。井上さんに呼ばれたんですって」

「じゃ、ちょっと耳打ちしてきてくれないか」

茂子が出ていった。

「いい陽気になったね」

「いまが一番です」

風がない。窓があいているのがわからないくらいだ。日中は暑かった。若草から『秋田音頭』が聞えてくる。〽ヤートセ、ヨーイヤナ、キタカサッサ、トコドッコイ、ドッコイナ。

「御簾《みす》は緑の軒の橘、ですか」

相場が、緑色の網戸に手を触れて言った。

「……？」

「いや、郭公《ほととぎす》の頃が一番いいっていうことです」

「あいにく、初鰹《はつがつお》はやっていません。……茂子のやつ、遅いな」

兆治は、まだ少し動顛《どうてん》している。

「相場先生ですか。校長先生ですか」

酔えば誰かれなしに話しかける秋本が、遠くから大きな声で言った。

「カンのやつが、うちのカンちゃんが……」

秋本は妙に記憶力のいいところがあるが、呂律《ろれつ》が廻らなくなっている。しかし、兆治は、それで救われたような気がした。

「下平寛ですよ。有難うございました、先生。言っちゃいけないって言われていたんですが……」

「なんでしたっけ」

「下平寛の卒業式のことですよ、本当に、どうも……」

「ああ、あれですか。若気のいたりでしてね、こっちのほうが」

「一緒に伺おうって言っていたんですが」

茂子が戻ってきた。蒼《あお》い顔をしている。

「カンのやつ、カンカンカンってね、あいつ、馬鹿だから……」

「……」

「いい先生だって、いい校長だったって……いっつも言ってますよ」

「よくはありませんよ」

相場と秋本とが、二人とも大声で話を続けている。

「あんた、あっち、大変なのよ」

茂子が兆治の耳に手をあてて言った。

「どうしたんだ」

「井上さん、頭から血をだしちゃって」

「えっ？」

「岩下さんがやったんだって」

「なぜ？」

「わからないの」

「行ってみようか」

「いいのよ。あとで峰子さんも岩下さんも、こっちへ来ますって」

「愉快そうにやっているじゃないか」

「ヤケクソなのよ」

「井上さんは……」

「眠っているわ。怪我はたいしたことないのよ。それより……」

「なによ」

「井上さん、どうも、狂っちゃったらしいわ。はじめ、岩下さんが、そのことに気がつかないで……」

井上木材店が自宅ごと競売に出されていることを、兆治は、市役所の佐野から聞いていたが、半信半疑でいた。佐野は税金のほうの係だから、間違いがないとは思われるのであるが。

秋本と沢井が帰った。

「面白い男だね、あれは……」

相場が気持よさそうに笑った。相変らず、先生は酒が強いと兆治は思った。

「あいすいません。気のいい人なんですが、どうも……」

「いや、面白いよ。寅《とら》さん映画の寅さんみたいだ。本当は、あの人、頭は悪くないね」

「本当は？」

「学校の成績は悪いかもしれないけれどね。ああいう人っているんだね。そこで一句あり、だ。柴又のさくら溜息《ためいき》ばかりなり、っていうのはどうかね」

「……」

「寅さんの妹は溜息ばかりついているだろう。季語はないが桜で許してもらってね。……私は、あの倍賞千恵子っていう女優が好きでね。ああいう人と結婚したいな」

「先生、お若いわね。話には聞いていましたけれど」

茂子が惘《あき》れたような声で言った。

「ところがね、いざ結婚してみると、妹の倍賞美津子のほうがよくなっちまうんだね、たぶん……」

峰子が来た。はじめからそう思っていたようで、ためらわずに相場の隣にどしんと腰をおろした。

「先生、いらっしゃい」

「……」

「校長先生なんでねえの。うちの岩下の……」

峰子は着物を着ていた。目の下が黒くなり、化粧はくずれてしまっている。

「昔の話です」

「若い嫁さんを貰ったって言うんでねえの。三十も齢下《としした》の……。よくやるよ」

峰子が相場の肩を叩いた。

「わたし、若草の峰子です」

「いい名前だね」

「いぐねえんだってば……。若草でなく枯草なんです」

岩下が縄暖簾を頭でわけて入ってきた。そのまま、正面に腰をおろした。

「やあ、相場校長、しばらく……」

珍しく、ひどく酔っているようだ。目が赤い。しかし、岩下は正体を失うようなことはない。

「岩下君、いつも有難う。このあいだはハムの缶詰だったね」

「商売もので失礼しました。奥さんが若いから、精をつけてもらおうと思って……」

兆治が岩下の前に立った。

「水割りでいいか」

「ストレイトにしてくれ」

「井上さん、どうした？」

「いま、タクシーを呼んでね、ミーコが送っていった」

はたして、岩下は、兆治には真顔を見せた。

「ああ、先生、すいません。ちょっと岩下と話があるもんで……」

兆治は、いったん相場のほうに向きなおって言った。

「どうぞ、どうぞ」

「すぐに済みますから。……峰子さん、先生のお相手を頼みます。……それで、井上さん、駄目か」

「駄目だ。問題にならんね。狂っちまっている」

「やっぱり、カラオケか」

「そうなんだ。女に狂うんなら、まだ話になるんだけれどね」

「百万円のカラオケ・セットを買ったっていうじゃないの」

茂子が言った。

「奥さん、そんなんじゃないんですよ。オーディオ・ルームっていうのかなんていうのか、俺、よく知らんけれどね、庭に十五坪ばかりのスタジオを建てちまったんだ。俺、さっき、若草へ来る前に見てきたんだけれどね、ちいさいステージがあって、楽屋があって、化粧台があって、衣裳《いしょう》部屋があるんだ」

「……」

「音響のほうの専門的なことはわからんがね、椅子が三十脚も置いてあるんだぜ」

「客を呼ぶつもりなのか」

「呼んだって誰も行かないよ。気持が悪いもの。化粧台に白粉《おしろい》や香水がずらっとならんでいてね。あれ見たらゾッとするね。それより、あの椅子ね、五脚で六列、埃《ほこり》がたまっていてね、気味が悪いったらありゃしない」

「三十曲ぐらい歌えるって言ってたけれど」

「とてもとても、五百曲はマスターしたって本人は言ってるよ」

「………」

「オーディオ・マニヤで有名な大学教授がいるだろう。あの先生にはとても適《かな》いませんがって、これだからね。違うんじゃないか、これ」

「そうか」

井上は、四十歳になるまで、人前で歌を歌うことはなかった。カラオケを買ってから、人間が変った。

「歌ってものはノドで歌うんじゃないんだって。体で歌うんだって……。それで体を揺すぶって妙な目つきをしやがったから、俺、カッとなっちまってね」

「やったのか」

「仕方がないじゃないか。妻子のことを考えろって呶鳴《どな》っちまった」

「家のほうは、どうなった」

「駄目駄目。番頭も職人も逃げちまった。もともと、井上さんっていう人は仕事のことはわからないんだからね。番頭まかせで……」

「おそろしいことだな」

「おそろしいよ」

「で、どうなるんだ」

「店と家を売れば幾らか残るんだろう。アパートでも借りて出直すんだね。知らないよ、俺、あとのことは……」

相場が峰子の肩に手を廻している。

「藤野君、そっちの話は済んだか。……ねえ、岩下君、柴又のさくら溜息ばかりなり、って、どうかね」

「こっちも溜息ばかりですよ。あ、この野郎、この野郎、俺の女のオッパイにさわりやがって……」

岩下が、鼻翼を何度も動かして、怒ったふりをした。

「なんだい、岩下、先生に向ってこの野郎とは……」

兆治はそう言ったけれど、岩下には、何を言っても憎めないようなところがある。

〽秋田名物、八森《はつもり》はたはた、男鹿《おが》では男鹿ぶりコ……。峰子が歌った。

「アア、ソレソレ」

峰子の顳顬《こめかみ》の青筋が動いている。井上は若草の常連であり、若草は小料理屋をカラオケ酒場に改造したのだから、峰子にもかかわりがないとは言えない。

〽能代《のしろ》春慶、檜山《ひやま》納豆、大館曲《おおだてまげ》わっぱ……。

「キタカサッサァ、トコドッコイ、ドッコイナ」

峰子の『秋田音頭』は、猥褻《わいせつ》な替え歌に移っていった。〽おらえのじさまと、となりのばさま、この世のなごりに……。

「先生、相場先生……」

岩下が、また鼻を動かしながら隅の席に寄っていった。

「なんですか」

「先生、失礼ですが」

「……」

「失礼ですが、先生、まだ、お出来になるんですか」

「おい、岩下、いい加減にしろよ」

兆治が言った。そのとたんに、相場の妻の多佳の洗い髪が匂った晩のことを思いだした。

「いや、本気なんだ。俺、聞きたいんだよ。参考のために……。だって、俺たちだって、いつかはそうなるんだぜ。ねえ、先生、まだ現役なんですか。おやりになるんですか」

相場は六十代の半ばになっている。

「おい、岩下、お前、シツコイぞ。やめないか」

相場が、峰子の肩から手をはずした。

「言いますよ。じゃあ、藤野君も岩下君も聞いてください。茂子さんは耳に栓をしてください」

「………」

「私の朝食は、紅茶にトーストに目玉焼きにフルーツときまっているんです。前の女房のときから、ずっとそうだったんです」

「野菜ジュースはないんですか」

茂子が言った。

「あ、聞いているんですか」

「聞いていますわよ。参考のためですから」

「フルーツのかわりに生野菜が出ることもあります。シチューやトマトジュースになることもあります。でも、紅茶にトーストに目玉焼きは変りません」

「ハイカラなんですね」

「モダーンと言ってください。……それで、目玉焼きですが、目玉焼きの卵が三つになるときがあります。朝食の目玉焼きですが」

「………」

「これでおわかりでしょうか。それは、月に一度か二度のことです」

一瞬、静かになった。

「ご褒美《ほうび》だ」

と、峰子が言った。

「先生、それで、奥さんは、お多佳さんは、何も言わないんですか」

岩下が神妙な声で言った。

「何も言いません。黙っています。私も黙っています。二人とも、何も言いません」

「あ、そうだ、忘れるところだった。さっき靖子に届けさせたものがあるんです」

岩下は、最初に坐っていたところから紙包みを持ってきて、相場に渡した。

「これ、ステーキなんです。今朝、市場から仕入れてきたんですが、これ、うまいです。自信があります。二枚ありますが、奥さんと一緒に召しあがってください。精がつきます」

「……」

「ウナギだとかタマゴだとか言いますが、牛肉が一番です。それも上等のステーキでないと……」

どういうわけか、岩下が涙を流した。

「ねえ、藤野君、岩下君。……目玉焼きの卵が三箇《こ》なんです。そういう朝があるんです。多佳は黙っています。いつでもそうなんですよ。私も黙っています。……これ、どう受けとったらいいんだろうか。しかし、これが現実なんです」

第十話　夏木立

「何年ぶりかなあ……」

と、兆治が言った。

日射しは急に強くなっていた。岩下は十メートルばかり川上に坐っていた。ざわざわという音がする。それは水の流れの音であるのか、それとも、山に吹く風の音であるのか、耳を澄まさないとわからない。

「おい、よっちゃん、聞こえないのか」

兆治は釣竿《つりざお》を持って、岩下義治のそばへ近づいていった。

「何年ぶりになるかなあって言ったんだよ」

兆治は、わざと、よっちゃんと言った。小学校時代は、そう呼びあっていた。親しい仲間は、みんなそうだった。中学生になって、野球部の対外試合がふえてくると、そうはいかなくなった。

「ずいぶん釣をやったじゃないか」

「あれとこれとは違うよ」

「違うけどさ……」

小学校の五年と六年の夏休みに、一週間ずつ、兆治たちは橋の下で暮した。子供の足で、ゆっくり歩いて三十分もかからないところに多摩川があった。そのあたりは河原も広くなっていて、昔は魚がよく釣《つ》れた。

「米と油と醬油と味噌を持ってね」

「そうだ。それと、七輪と金網と鍋《なべ》だった」

「あの関戸橋っていうのは、いいところだったなあ。……俺なあ、橋の下っていうのは妙に安心感があるんだ」

「変なことを言うね」

「だって、雨が降っても風が吹いても平気だったじゃないか。俺の家より、よっぽど安心だった」

「それと雷だ。橋の下に雷が落ちるなんて聞いたことがないからね。俺、雷が嫌いだったから」

「あれは、こわい」

「しかし、埃《ほこり》にはまいったね」

「そうだったっけ」

「忘れちまったのかね。みんな、朝起きると鼻の下が真っ黒になっていたじゃないか」

「ああ、洟垂《はなた》れ小僧だったからね」

「そうかと言って、橋の下を掃くっていうのが、なんか乞食《こじき》みたいでね、子供でも抵抗があってね」

「それより、もう、くたくたになっちまって、掃除どころじゃなかった。すぐに寝ちまったな」

兆治はもとの場所へ戻って、流れの底から缶ビールを持ってきた。

「おい、お前、飲むか」

「いや、俺は飲まない。俺は釣師だから」

「俺は、どうも、釣ってやつは苦手でね」

「わるかったな」

「そうじゃない。この気分は好きなんだ」

「お前は釣れなかったなあ、あの時も」

「もっぱら炊事当番でね」

「おそろしいもんだね。すでにそこに今日のお前があったわけだ」

「いまだにね、渋団扇《しぶうちわ》で炭火をあおいでいますよ。……あの時は、フナにハヤにクチボソだったけれど。いつか、大きなコイが釣れたこともあったよねえ」

「おい、兆治、いま、関戸橋で鮎《あゆ》が獲《と》れるの、知ってるか」

「釣れるのか」

「いや、投網なんだ」

「投網をやってもいいのか？」

「あのへんはいいんだよ。それでね、コイみたいに大きいのが、五匹も六匹もかかることがあるんだ」

「食べられないんだろう」

「食べられやしない。こわくって。ひどい世の中になったもんだぜ。鮎が獲れたって誰も見むきもしやがらねえんだ。下流だから、気味が悪いくらいに大きいんだけれど」

鶺鴒《せきれい》が激しく動き廻っていた。その他《ほか》に、名前のわからない小鳥がいた。帰ったら、道子の持っている鳥類図鑑で調べてみようと兆治は思った。

「しかし、よくまあ叱られなかったもんだね」

「平気だったね、あの頃の親たちは」

「いまは、七時までに帰らないと捜索願が出るっていうんだから……」

「それとさあ、昔の子供は自分で遊びを考えたろう。いまは、それがないね」

「どうもねえ……しかし、本当に、楽しいとか夢中になるっていうのは、あの頃で終っちまったねえ、俺たちにしたってさあ」

「いま考えるとねえ、よく風邪をひかなかったって思うねえ。いくら夏だってさあ、ズックの学校鞄《かばん》を枕にするだけで、毛布なんて持っていかなかったんだから」

「腹もこわさないし……」

「あれが活力っていうもんだったのかなあ」


岩下が自動車で迎えにきて、土曜日の夜の九時に、兆治の店の前を出発した。釣道具と缶詰類と即席ラーメンを岩下が用意した。茂子が握り飯をつくった。アイス・ボックスは兆治が積み込んだ。

岩下は、行けるところまで行ってみようと言っていて、行先きは言わなかった。

東北自動車道を宇都宮の先きで降りて、左に曲った。日光へ向う道であるが、今市から北上して五十里湖《いかりこ》へ出た。道路が混んでいたり、岩下自身が疲れてしまったら、そのあたりで夜を明かしてから鮎を釣る予定であったようだ。しかし、岩下は、黙って運転を続け、さらに北上して、新潟県に近い湖の縁に到達した。午前三時半だった。

自動車のなかで眠った。兆治が目をさましたとき岩下がいなかった。八時になっていた。岩下はガードマンのような服装の男と一緒に戻ってきた。

船で湖の対岸に渡った。岩下のことだから、最初からそのつもりであったのだろう。

船を降り、十五分ばかり、山道を登ったり下ったりしたところに山小舎《やまごや》があった。ゼンマイその他の山菜を貯蔵する山小舎であるという。そこへ荷物を置き、渓流の脇の山道を遡《さかのぼ》った。一時間ほど歩いた。

「本当は、あと一時間ばかり登ると、大物が獲れるんだけれど」

と、岩下は言った。

兆治のズボンは股《また》まで濡れていた。空は晴れていたのだけれど、山道には夥《おびただ》しい露があった。どの草も露を含んでいた。

兆治が初めに腰をおろした岩は冷たかった。しかし、その岩はすぐに熱くなった。

兆治と岩下が、その話を続けていた。

「庄ちゃん、どうしているかねえ」

「ああ、並木君ねえ」

「庄ちゃんだけ、行方がわからないんだ」

並木庄八は、小学六年の二学期の終りに転校していた。父親が大阪に転勤になったからである。

「ああいう子供って、いるんだねえ」

「小柄で色白で、勉強ができてねえ」

「そうそう。なにしろ、俺たちが遊んでいるときに、宿題は全部やってくれるんだから」

「あれ、なんだか、滑稽《こっけい》だったなあ。俺、バッタをつかまえるんで飛び廻っているときに、庄ちゃん、橋の下で正座してね、鉢巻なんかしちゃって、むこうむきで勉強しているんだもん」

「笑っちゃ駄目だ」

「ずいぶん助けられたもんねえ」

「宿題だけじゃなくて、教室でも教えてもらってね」

「子供同士で助けあうってことがあったよねえ。いまは、どうなっているんだろう」

「さあねえ……」

「納豆を売ったり新聞配達なんかして、親の世話にはならなかった。米でも醤油でも、それで買ったんだから。投網の網だって自分たちで買ってねえ」

「俺、ああいうのが本当の社会だっていう気がするなあ。勉強の出来るのと出来ないのとがいてね。そのかわり、庄ちゃんには新聞配達はできないもん」

「助けあうっていうのが当りまえのことだった」

「城山にクワガタを獲りに行ったじゃないか」

「夏休みになる前ね」

「木に穴をあけてね。クワガタを見つけると、ぞくぞくっとしたもんね」

「それから、どたぼうよ」

「蟇蛙《ひきがえる》か」

「よく喰ったな。うまいのは赤蛙だったけど」

「それと杉の芽鉄砲な」

「ああ、杉の実でもって、よく鉄砲ごっこやったな、城山で」

兆治は釣竿を置いたまま寝ころがっていた。野球のバッティングなら自信があったが、釣の場合のアワセルというのが得手ではないように思われた。そのかわり、流木を集めてきて、食事を作ってやろうと思った。

その晩は、山小舎に泊り、月曜日の朝早く、船が迎えにきてくれることになっていた。三時までに店へ出ればいい。

飯盒《はんごう》で飯を炊き、イワナは串《くし》に刺して、廻りに立てた。

「おい、店はいいのか」

と、岩下が言った。

「いいのかって言ったって、もう、しょうがない」

兆治と岩下は冷酒を飲んでいた。

「だって、日曜日にも店へ出るんだって言ってたじゃないか」

「ああ、五月から十月いっぱいまではね」

「………」

「煮物があるから」

「煮物って煮込みのことか」

「ああ……。どうしても、一日に一度は火を通さないとね」

「腐るから……」

「そうなんだ。あったかいうちはね。一度、失敗したことがあってね。それで、どうしてもね
……。あればっかりは、その日に作ったんじゃうまくない。オデンとおなじだ」

「一時間ばかり煮るわけか」

「いや、沸騰すればいいんだ。どうしてもね、それをやらないと」

「わるかったな」

「いや、茂子に言ってある。今日と明日と、昼頃に行くようにって……。簡単なんだよ」

「………」

「お前、もっと飲まないのか」

「俺は仕事があるからね。どうしてもヤマメをやらないとね。お前にヤマメを喰わせたいと思って、ここまで来たんだから」

「釣って、そんなに面白いのか」

「他人には説明ができないね。酒を飲まない人に酒のうまさの説明はできないだろう」

「俺は、この酒を飲んじまうよ。それからあと、寝てもいいか」

「さっきも寝ていたじゃないか」

兆治は、残っていた冷酒の瓶をあけ、横になった。

「ああ、いい気持だ」

「おい、兆治。……俺、いつか、雑木林に青い葉が繁っているのは半年ばかりの間だって言ったことがあるだろう」

「ああ……」

「大きく息を吸ってみな」

兆治は言われた通りに深呼吸をした。

「青臭いかね」

「いや……」

「お前がね、店へ出て、まず煮込みに火を通して、酸っぱいような匂いがしなければ、気持が落ちつくだろう。それと同じことだ。どうしたって、一年に一度は、この匂いを嗅《か》がないと落ちつかないんだ。この青葉の匂いだよ。この空気だよ。谷川の音だよ。それをひっくるめたものが釣なんだ。それから、この……」

「……」

「わかったか」

「……わかったよ」

兆治は少し眠ったようだ。兆治の目がさめるのを待っていて、岩下が言った。

「おい、俺、もっと上のほうへ行ってくる。どうも駄目だ。……お前、山小舎へ帰って、流木や粗朶《そだ》を集めておいてくれないか」

「よし……」

「よしって、お前、もしかすると熊が出るぞ」

岩下が山小舎に帰ってきたとき、あたりは暗くなっていた。彼は倒れこむようにして戻ってきた。遠くからの音が聞こえたとき、兆治は身構える感じになった。

イワナが十五、六匹に、ヤマメが一匹。

「こいつはアシが早いからね。すぐに焼いてくれ」

囲炉裏の火はおきていた。

「熱いお茶でも淹《い》れるかね」

「馬鹿言え。熱燗《あつかん》にしてくれよ……」

岩下は、靴をぬぎ、靴下をぬぎ、ズボンもはきかえて、囲炉裏のそばへ寄ってきた。寒くなっていた。

「アフリカと同じだね、ここは」

「どうして……」

「夜は寒くって、昼間は暑い。石が割れるって言うじゃないか、アフリカでは」

昼の飯の残りを、そこにあった鍋にいれ、即席ラーメンもぶちこんだ。缶詰の肉もいれた。いくらでも酒が飲めるような気がした。食欲もあった。岩下の顔だけが、囲炉裏の火で赤くなっていた。日に焼けたせいであるかもしれない。

「おい、立ち退きの話はどうなっているんだ」

「……」

「聞こう聞こうと思っていたんだけれど、いつでも他の客がいるからね」

「のばしてもらったんだ」

「いつまで?」

「今年いっぱい。大家《おおや》さんていう人が良い人でね」

「それはよかった。それはいいけれど、今年いっぱいなんて、すぐに来ちまうぜ」

「……」

「誰だってねえ、物置小舎だって、赤提灯《あかちょうちん》に貸すのは厭《いや》なんだよ。遅くまで酔っぱらいがうるさいし、近所の手前ってこともあるしねえ。それに、やっぱり、臭うし……」

「……」

「河原さんの話はどうなっているんだ」

「そのままだ」

「もう、松川に遠慮することはないんだ。俺、松川のおやじさんに訊《き》いたんだよ。ちっとも遠慮することはないって言ってたぜ。客筋が違うからって」

「……」

「いま、植村さんも飲みにきているんだろう」

「ああ、ときどきね」

「言えばいいじゃないか」

市会議員の植村の所有する材木置場の一劃《いっかく》を無料で借りられるという話がある。その話を持ってきたのは河原である。

「お前なあ、河原さんに頭をさげるのが厭なんだろう」

兆治は驚いて岩下を見た。

「なんでもないことじゃないか。この間の話、お世話になります、お願いしますって、それだけで済んじゃう話じゃないのか」

「……」

岩下は、兆治が会社をやめたのは、兆治のそういう性情のためだと思っている。

「俺が話をつけてやろうか」

「いや。いいよ」

「どうして？」

「俺にも考えがあるんだ。自分で何とかするから」

「しかし、条件が悪いんだぜ。さっきも言ったように……。よく考えてみなよ。お前が大家だったとして、モツ焼き屋に土地とか家とかを貸すかね。それに、この町にほかに適当な場所があると思っているのかね」

兆治は酷寒の頃の深夜に河原に街で殴り倒されて失神した。すぐに気がついたのだけれど、それは危険なことだった。殴られるには、それだけのわけがあったのだけれど、置き去りにされたのを許すことはできない。客だと思って我慢しているのだけれど。

「河原さんは、そんなに悪い人じゃないよ。酒癖は悪いけれどね。……案外に親切者の面もあるよ」

「わかっているよ」

「威張らしておけばいいんだよ。こっちで利用すればいいんだ」

兆治は返辞をしないで外へ出た。満天の星に鋭い光が生じていた。兆治は、山の中にいるので星が近いのかと思った。しかし、すぐに、空気が澄んでいるためだとわかった。木立も夏草も霧っぽくなっていて、息苦しくなるような匂いを放っていた。

兆治と岩下とは、山小舎の端と端に寝た。背中や手足に快い疲労が残っているのが感じられた。

「ありがとう」

と、兆治が言った。

「……………」

「岩下が店に飲みにきてくれるだけで嬉《うれ》しいんだ。それだけでいいんだ」

「お前、まだそんなことを言っているのか」

「いや、これは本当だ。どれだけ頼りにしているか、自分でもわからないくらいなんだ。とにかく、顔を見るだけで嬉しいんだ。いっぺん、それを言いたいと思ってね」

「何を言うんだ。馬鹿馬鹿しい……」

岩下は、それきり、黙ってしまった。十五分ぐらい経った。

「おい、起きているか」

と、岩下が言った。

「うん。起きてる」

「俺、峰子と寝たことがあるんだ」

「……」

「まだ、あの人が店をはじめて間のない頃だったんだけれどね。だから、六年ぐらい前のことだけれどね……。おい、聞いているのか」

「聞いているよ」

「ぜんぜん、客が来ないんだ。十時になっても一人も来ない。六年前だから、兆治が開店する以前だね。……誰か来たら帰ろうと思っていたんだ。そうしたらね、峰子がね、あたし、ホテルってものに泊ったことがないって言いだしたんだ。そういう話になってね、日本旅館とかラヴホテルには泊ったことがあるけれど、東京の、ちゃんとしたホテルには泊ったことがないんだって」

「……」

「連れてってくれって言うんだ」

「嘘《うそ》つけ。お前のほうで連れていこうって言ったんだろう」

「どっちでもいいや。店をしめてね、無線タクシーを呼んでね……。四十分で着いちゃった」

「どこのホテルだ」

「品川の、何とかっていう、出来たばかりのホテルだった。峰子が知っていてね」

「……」

「峰子が風呂から出てきてね、胸にタオルを巻いているんだ。それがパラッと取れちゃってね。……見たらメクラ乳《ぢち》なんだ」

「メクラ乳って何だ」

「お前、知らないのか。乳首がひっこんでいるんだ」

「めりこんでいるわけか」

「そうだ。……相撲にもいるじゃないか。テレビの幕内の土俵入りのときによく見てみなよ」

「じゃあ、赤ん坊は困るじゃないか」

「吸えば出てくるんだ。そうだっていう話だね」

「それ見たら、俺、厭んなっちゃってね」

「吸えばいいじゃないか」

「馬鹿言え。峰子のオッパイが吸えるかよ」

「……」

「赤ん坊じゃあるまいし」

「……」

「だから、一緒に寝たことは寝たけれど、なんにもしなかった」

「……」

「だけど、俺、それから峰子が好きになっちまってね。変な意味じゃなくてさ。だって、ふつう、女は怒るだろう。それが、けろっとしているんだ」

「さっぱりした人だからね」

「そうなんだ」

「それで、岩下、靖子さんは怒らないのか」

「怒らない」

「外泊しても……」

「ちゃんとね、いい豚が入ったから、一番で入札しないと間にあわない、東京のホテルに泊るって電話したんだ。だから品川のホテルに泊ったんだ」

「いい気なもんだな」

「………」

「おい、口止料をよこせ」

「……うん？」

「口止料だよ」

「………」

「それも、永代口止料だ」

「………」

「一生涯、誰にも言わないから、永代供養みたいなもんだ」

「………」

「おい、聞いているのか？」

「………」

「おい、もう、眠っちまったのか？」

第十一話　末野の草

表の戸も、窓も、勝手口も、明けはなしになっている。赤提灯《あかちょうちん》が揺れる。縄暖簾《なわのれん》の縄が硝子《ガラス》戸に打ち当って音をたてる。

梅雨はまだ明けていないが、昨日も今日も晴れている。ラジオの野球中継は、東京地方の風速は六、七メートルと告げている。ちょうどいい風だ。梅雨時で、どうかすると寒いような夜があるが、そんなことはない。初秋のような夜である。

「酒が飲めないっていうのは、いい場合も悪い場合もあってね。さあ、どっちがいいっていうことは言えないんじゃないの」

佐野が、若い男と女の客を連れてきていた。二人とも、この春から市役所に勤めるようになったと兆治に紹介した。その男のほうが、酒を飲まない。長身で、バレーボールの猫田選手に似た顔をしている。

「やっぱり、練習しなくちゃいけないでしょうか」

「そんなことはないよ。飲めないひと、何人もいますよ、市役所にも……」

若い男は、オレンジジュースを飲んでいた。酒は飲まないけれど、モツ焼きはよく食べる。

「でも、やっぱりね、恰好《かっこう》がつかなくてね。宴会のとき、こっちだけ早く終っちゃって」

「かまいませんよ。この店だって、飲まない客も来るし、家族連れで来る人もいるんですから……。ねえ、兆治さん」

「………」

兆治は、黙って頭をさげた。その若い客は、酒は飲まないけれど常連になってくれそうな感じがしている。兆治とすれば、酒を売るのとモツ焼きを売るのとが半々の気持でいる。

「あなた、酒を飲んだことがあるんですか」

「………」

「体質的に飲んではいけない人がいるでしょう。そういう人は飲まないほうがいい。だけど、ある程度、馴《な》れっていうことはありますね。はじめは苦しいですよ。それで、不眠症になったとき、睡眠薬を服《の》むよりは、お酒のほうがいいと思うなあ。そんなことじゃないかな」

佐野は、口のきき方が、いくらか先輩ふうになっていると自分でも思っていた。

「飲んだこと、あるんですよ」

「そうですか。……どうでした？」

「ビール一杯で、アルコール中毒になっちゃった」

茂子がクスッと笑った。

「そういうの、アルコール中毒って言わないんですよ。気持が悪くなったんでしょう」

「気持が悪いっていうか何というか、映画で『空気のなくなる日』っていうのがあったでしょう……」

「知らないなあ」

「あんな感じでした。胸がつまるような……。それから、やっぱり映画で『縮みゆく人間』って、見ませんでしたか」

「見ていませんね」

「なんだか、自分の体がどんどん小さくなってゆくような……」

「まるっきりわかりませんね。わからないけれど、わかるような気もしますね。……あなたは、飲まないほうがいいな。まあ、ね、うんと苦労して、酒でも飲まなきゃあっていう気分になるまではね」

「………」

「そのかわり、甘いものは平気です」

「家中が甘党でね。うちで甘酒やお汁粉をつくるときは、砂糖をいっぱいいれて、口のなかが、えがらっぽくなるようなやつでないと駄目なんです。それで、みんな三杯はお代りをしますから」

「……」

「うちのおやじなんか、コーヒーに角砂糖を七箇《こ》いれますからね」

茂子がふきだして、流しの陰にしゃがんでしまった。

「餡《あん》パンに砂糖をかけて食べますから」

「……」

「それと、甘いものっていうのは速度なんですね。羊羹《ようかん》なんていうのは、いっぺんに一本食べないと食べた気がしない」

佐野と茂子が、同時に、やめてくださいと言った。

「……ああ、気持が悪い」

そういったのは、入口に近いところに坐っている二人連れの男の一人だった。背は高くないが、二人とも肩幅が広い。胸が厚い。

「しかし、わが社にも、そういう男がいますよ」

「そう。うちの会社にもね」

この二人は、ゆっくり飲んでいるが、同じペースを守っていて少しも乱れない。

「ああ、駄目だ駄目だ。こりゃ駄目だ」

と、佐野が言った。

「案外、わかりませんよ」

兆治が笑いながら近づいてきて、若い男の顔を見た。

「……どうぞよろしく」

兆治が、店の名だけを刷りこんであるマッチを渡した。

「兆治さん、この男は味覚が発達していないんですよ。南洋の土人と同じなんだ。ちょっと期待して引っぱってきたんだけれど」

「そんなことはありませんよ。ころっと変ることがありますから」

若い女はビールを飲んでいた。

「あの、これ、なんですか」

女がモツ焼きの串《くし》を口へ持っていった。

「カシラです」

「カシラって何ですか。人間で言うと……」

「顳顬《こめかみ》の肉です」

次に、女は白い螺旋《らせん》状になった肉を指さした。

「これは？」

「コブクロです」

「どこの肉でしょうか」

「人間で言うと、ですか」

兆治は困ってしまった。

女は、コブクロを口にいれた。

「おいしい」

「……」

「貝みたいですね」

入口に近いところにいる男が笑った。

「貝みたいには違いないが……」


兆治は、ずっとノドに痛みがあったり不快感があったりしていた。痰《たん》が出るし、寝床に入ると咳《せき》が出た。それは一種の職業病ではないかとも思っていた。一日のうち、三時間か四時間は煙を吸いこむところに立っていなければならない。それと、客の煙草だ。

そんなこともあって、焼き台を買いかえることにした。客のなかには風格が出てきたと言う人もいるのだけれど、縁が欠けてしまったし、金棒に油が染みこんで、余計に煙が立つように思われる。

会社をやめて、この商売をはじめてから満五年になる。それを記念にしたいという気持もあった。焼き台は、合羽橋《かっぱばし》の高橋総本店で買った。ついでに、包丁二本と砥石《といし》も買った。


九時を過ぎて、有田と越智が来た。

「いま帰った人、どこの人？」

有田は、酔っぱらうと、少し人柄が変ってしまう。昼間の好人物が鋭角的になり、攻撃的になる。越智は、それが有田の唯一の欠点だと思っていた。

「さあ、有田さん、当ててみてください」

「……誰だろう」

「おそろしく酒の強い人だね、二人とも」

「………」

「ああいうのは本当に強いんだ。どうすることもキャンノットだ」

「警察の人です」

「……だろうと思ったんだよ。とにかく唯者《ただもの》じゃないと思った。屈強な男っていうのは、ああいう男なんだね」

「だけど、わが社とか、うちの会社とかって連発していたじゃないですか」

越智が口をはさんだ。

「だから、さ。……ねえ、藤野君、そうなんだろう」

「そうだと思います」

「そうなんだ。あれは、わざとなんだよ。わが社っていうときは、警察の内部の話をするときなんだよ。ねえ、そうだろう?」

「わざとって言うより、癖にしてしまおうとしているようですね」

「よく来るの?」

「ときどき、お見えになるんです」

「張りこみかね」

「そうじゃないと思います」

客が有田と越智の二人になってしまったので、兆治は丸椅子に坐って冷酒を飲みだした。

「ところで、さっきの、わが社の話だけれどね」

「ああ……」

「これは問題ですよ」

「次期社長のことですか」

「それもある」

「常務は？　常務はどうなんですか」

「あんな者、問題外のアウトの外ですよ。……それもあるけれど、なにしろ、専務は、社内の実力者だけではなくて、業界に顔がきくからね。わが社には、これがいない」

「ノドですか、食道ですか」

ノドと聞いて、兆治はびくっと体が動いた。それまでは、なるべく話を聞かないで神経をやすめようとしていたのであるが。

「食道らしいね。この店では、ナンコツか」

「手術をしたんですか」

「したんだよ。成功したらしいね。結果は良好だということしか聞いていない。社長もね、話したがらないんだよ。まあ、当然のことだろうけれどね。実際に、わからないんだろうね」

「言わないっていうのが不気味ですね」

「俺も、そう思う」

「……」

「残念ながら才能があるっていう言い方が流行したことがあったろう、うちの会社で……」

「ああ、江川問題の後ですね」

「そうだよ。才あって徳なし、か。どっちでも同じだけれど、とりあえず困っちまうんだなァ、社員としては。……ねえ、きみ、どっちがいいと思う？　無能だけれど人柄のいい社長と、その反対のとでは」

「さあ、それはね。……いや、私は、残忍酷薄でも、仕事の出来るボスのほうがいいなあ。社員としてはですけれど」

「そうだろう。だから困っちまうんだ」

「……」

「藤野君、お酒……。あなたの飲んでいる、その冷酒を貰《もら》えないかね」

「……」

「強いやつじゃないと利かなくなってきた。……越智君、わが社の話はやめにしようよ。例の女性、どうなっているの？」

「……」

「キャバレーの……」

有田が唇の端をまげて笑った。越智が暗い顔になった。洗いものを終えた茂子が帰った。

「サリーって言ったっけね。なかなかいい娘《こ》じゃないの」

「……」

「だけど、嫁にする女じゃないよ。言っとくけど」

有田は大きな声を出した。強い口調で言った。越智は黙っている。

「まだ行ってるんだろう」

こんどは有田は優しい声で言った。

「三日に一度か」

どういうわけか、有田は、舌代と書いてある壁のほうを見あげるようにして笑った。

「一週間に一度か」

「……そのくらいです。でも、この頃、休むのが多くなって」

「あれはね、なんか、わけありの女だぜ」

そのとき、兆治が、ぴくんという感じで立ちあがった。

「そのう……」

有田は驚いて口をあけた。

「その、さっきのお話の専務さんっていうのは、吉野さんのことですか」

「そうだよ」

有田は、しまったと思った。吉野と兆治との関係をすっかり忘れていた。

「悪いんですか」

「さあね。さっきも言ったように、はっきりとはわからないんだよ」

「……」

「なんでもないのかもしれない。つまり、悪性のものではないのかもしれない。わからないよ、俺には」

有田は、しかし、無意識に首を横に振っていた。

「見舞いに行ったほうがいいでしょうか」

「ううん……。まだ遠慮すべきじゃないだろうか。はっきりするまではね。いずれにしても……」

兆治ならやりかねないと有田は思った。有田は、あわてて話題をかえた。

「鮎《あゆ》を釣《つ》りに行ったんだってね」

「……」

「岩下さんと二人で……」

「鮎じゃないんです。イワナです」

「どこ?」

「奥只見のほうです」

「ずいぶん遠くまで行ったんだね。俺、山梨へ行ったんだ」

「どうでした？」

「まるっきり坊主でね」

「………」

「ほら、雨が降っただろう。あれがいけなかったんだ」

「雨、いけませんか」

「駄目だね。流れが早くなって石が綺麗《きれい》になっちまうんだ。そうすると、餌《えさ》がなくなって、鮎が逃げちまうんだ。民宿の旦那はそう言っていたけどね……」

「………」

「だけど、七月八月で鮎釣は終りだろう。素人の場合はね。鮎釣の好きな人は一年が終っちまうように思うんじゃないかな」

兆治は、有田も岩下も似たようなことを言うと思った。

翌日、兆治は、十時に家を出た。いつもならもっと早いのだけれど、昨晩《ゆうべ》はさすがに眠れなかった。有田から聞いた吉野の話は衝撃的だった。

公園を通るときに、珍しく、大きな黒揚羽《くろあげは》を見た。自転車を降りて近づいてみると、その蝶は、柚子《ゆず》の木の廻りを舞っていた。そうすると、柚子の木と枳殻《からたち》とは同じ種類であるのかもしれないと思った。

公団住宅が出来て、建売住宅が密集するようになるまでは、蝶もトンボも少しも珍しいものではなかった。殺虫剤を撒《ま》き散らしておいて、昆虫が少くなったと言うのはおかしいかもしれないが。

空は曇っていた。黒揚羽は、一羽だけで、ゆっくりゆっくりと柚子の木に触れるような触れないような形で動きを止めずにいた。その上部の羽は、そばで見ると、灰色に透けて見えた。

兆治は吉野とのことを考えた。どういうわけか吉野には憎まれた。わけがわからない。それが決定的になったのは、兆治が招待した同僚たちを、その翌週、吉野がそっくり自宅に招いたときだった。兆治には、まるで、そのことの意味が理解できなかった。世の中には、異常に猜《さい》疑心《ぎしん》の強い男がいるのだと思うよりほかに仕方がなかった。

兆治は、縁というものを大事にしようと考えていた。吉野は、工員であって技術者を目ざしている兆治を、突然、総務課長に任命した。それは会社の再建の時期であって、総務課長の役割は人減らしにあることが明らかになってきた。彼は退職して、失業保険の期限が切れたときに赤提灯の居酒屋をはじめた。いまでは、会社勤めよりは、いくらかはマシな商売だと思っている。この商売を続けてゆくよりほかにない。

人生の節目ということで言うならば、兆治にとって、吉野耕造は重要な人物である。それに、兆治は、人間には本来悪人はいないと考えたがるようなところがあった。兆治を総務課長に任命したのは、もっとも辛《つら》い役割に耐えられるのは兆治以外にいないと吉野が判断したのかもしれないと考えることもあった。

兆治は、本気で、吉野の入院している病院へ見舞いに行こうと思った。そのことに、まったく、他意はなかった。

しかし、吉野とは、最後は、喧嘩《けんか》別れになっていた。その兆治が見舞いに行けば、吉野にショックをあたえるに違いない。そのことは避けなければならない。有田の言うように、遠慮をするほうが無難だと思われる。兆治は、何か釈然としないような思いにとらえられていた。

明け方に雨が降った。それで公園の雑草は、まだ濡れていた。黒揚羽は、低く舞っている。吉野のことは、兆治の心に、大きなショックをあたえた。やみくもに悲しかった。兆治は、ずっと吉野に元気でいてもらいたかった。そうであれば、吉野を捩《ね》じ伏せるチャンスがないこともないと思った。兆治は、吉野が、店へ顔をだして、兆治と茂子に詫《わ》びる場面を夢に見たこともあった。

うそいつわりなく、兆治は、そんなふうに考え、吉野との事件をそんなふうに受けとめていた。しかし、どうも、それだけではない。そこまでが九十九パーセントであって、残りの一パーセントでもって、漠然と、やっぱり神様は公平だと思うようなところがあった。岩下が病気になるよりは吉野が病気になったほうがいい、これが吉野であって岩下でなくてよかったというところへ考えが傾くのである。それは兆治の得手勝手だった。あきらかに……。そのことが兆治を苦しめていた。

「……しかし、お前、会社をやめてから数日間、何も考えられずに、部屋の真中で大の字になって寝ていたのを忘れたのか。サラリーマンのところへ嫁にきた茂子を赤提灯で働かせるようにしたのは誰なんだ」

兆治は、そんなことも考える。吉野のことも、茂子も、自分も、考えだすと、ただやみくもに悲しかった。

いつものように、兆治は、店の前で、周囲を見廻した。異常はなかった。ポリバケツも空《から》になっている。兆治は、まず、そのバケツを洗った。それから煮込みに火をいれた。

店のなかに昨日と同じ匂いがただよいはじめた。兆治の気持が少し落ちついてくる。

流しの下で、買ったばかりの包丁が光っている。

兆治は、これも買ったばかりの砥石で包丁を研ぎだした。目の細かい砥石を買ってきた。ゆっくりゆっくりと研ぐ。目のなかで、まだ黒揚羽が舞っている。彼は、粗目でなく、若い女の肌のような細かい砥石が好きだった。そうでないと、モツが綺麗に切れない。

兆治の心のなかに、説明のしようのない喜びに似た感情が湧《わ》き起ってくる。何も考えないでいよう。モツがうまく切れればいいのだ。そうするよりほかにしょうがないじゃないか。

「これが、わが社の営業方針だ」

兆治は、心をこめて、ゆっくりゆっくりと包丁を研ぐ。

第十二話　遠花火

おそろしい不幸が秋本をおそった。

それは、秋本の話によると、こんなことになる。

七月の給料の出た日、秋本は四時半で仕事をあがってしまった。朝からそのつもりだったのだけれど、後になって秋本は、虫の知らせだと言った。なんだか体がだるくて仕事をする気になれなかった。（秋本は懶《なま》け者だった。兆治は、客から聞いたことのあるメキシコの労働者に似ていると思っていた。彼等は、給料を渡すと、それが無くなるまで会社へ出てこないという。土曜日に週給を渡すと、まず全員が、次の週の木曜日まで休んでしまうという。その話をしてくれた客は、さあ、どっちが人間らしい生活だろうかと言った。日本へ帰ってくると、フライパンの上で炒《い》りたてられているようだとも言った）。秋本は、いつものように、一杯飲んだ。秋本の妻の鈴子が、なんだか気持が悪いと言った。秋本は、卓袱台《ちゃぶだい》の向う側に布団を敷いた。そこが寝室であり客間であり、秋本が酒を飲む部屋でもあった。鈴子は、しきりに暑い暑いと言った。そこで秋本は扇風機のスイッチをいれた。病人に風が当らないように、天井に向けて廻した。鈴子が頭が痛いと言った。その様子が、なんだか変だった。秋本は、向うへ廻って鈴子の顔を見た。瞳孔《どうこう》が開いていた。もう駄目だと思った。秋本は、同僚の人身事故のとき、そういう人間の顔を見たことがある。あわてて救急車を呼ぶために電話を掛けた。

「一一九番を廻しているときに、ビクッと痙攣《けいれん》したのね。それが最後だった。もう、それっきりで動かなくなった」

医者は心筋梗塞《こうそく》だと言った。ふつう、こういう場合は、心臓に直接注射したりするが、そんなこともなく、病院へも連れていかなかったという。

「秋本さん、食事はどうしているの？」

と、茂子が言った。秋本は、朝六時頃、自分の自動車で出勤する。それから会社の自動車で、十時頃、家に帰って朝食を摂《と》り、一時間ぐらい休む。そのことを茂子は知っていた。胃腸の弱い秋本は、食事をしてすぐにはタクシーの仕事ができないのだ。

「いつもと同じですよ。上の娘が会社をやめちまってね。当分はお母さんの代りをやるって……」

「よかったら、うちで食べてくださいよ。遠慮はいらないから。夜もね、うちでも若草でもお握りぐらいできますから」

「余計なことを言うもんじゃない」

兆治が強く言った。彼は、ずっと不機嫌でいた。秋本が剽軽者《ひょうきんもの》であることが救いでもあり哀れでもあった。

「どこの家にも、その家の流儀ってものがあるんだから」

「……………」

「うちへなんか来たって、秋本さんは落ちつきゃしないよ」

「近所でもそう言ってくれる人がいるのね。近所のお婆さんでね。だけんどよう、鈴子じゃないと、どうも」

秋本は涙を流した。

「ほらみろ。そういうもんなんだ。お前が余計なことを言うからいけない」

「変なもんですよ。非番の日に一人っきりで家にいるっていうのは。いられたもんじゃないですよ。それに、俺、一人で寝たことがないんだもんね」

「……………」

「初めはね、結婚したばっかのときは、布団がなかったんですよ、一組しか」

「……………」

「それで癖んなっちまってね。女房と足をからませてないと寝らんなくなっちまったの」

「あら、羨《うらや》ましいわ。いいじゃないの」

茂子が皿を床に落とした。皿が割れた。

「ばか。茂子、お前たるんでるぞ」

「兆治さん、奥さんを叱らないでくださいよ。……そんで、一人で寝てると、女房が押入れのなかかなんかにいるような気がしてね」

「そうでしょうねえ。当分は、ずっとそうですよ。年月が経たなきゃ駄目だってことありますからね」

「しょうがねえから、伜《せがれ》のバットを持ってきてね、バットに足をからませて寝るんですよ」

奥の席にいる岩下が笑った。

「金属バットじゃないほうがいいねえ」

「ああ、岩下さん、どうもすいませんでした。香奠《こうでん》をたくさんもらっちゃって。それから牛肉やフルーツなんか」

「……」

「それが奇態なもんでねえ。子供がちっとも食べないんですよ。あんなの、いつもなら喧嘩《けんか》騒ぎだったんだけどね、奪《と》りあいで。フルーツも冷蔵庫にはいったっきりでね」

「葬式のときは、フルーツなんか、たくさんくるからね。あきるんでしょう」

「そうじゃないんですよ。娘は、五キロ痩《や》せちゃってね。ところが、このごろ、やっと、仏壇にあがっている水蜜《すいみつ》なんか、お母さん、いただきますって言って、勝手に喰うようになってね。たちまち、もと通りに、ふとっちゃった」

「ああ、立派な仏壇を買ったんだってね」

「デパートで、なんでも半額セールってのがあってね、桑の良いのがあったから、床《とこ》の間《ま》に置いてあるんですよ」

「桑じゃ大変だ」

「あれねえ、あの仏壇に使った金、そっくり鈴子に渡したら、どんなに喜んだろうって思ってね。死んじゃっちゃしょうがない」

河原が入ってきた。

「なあに、生きてるときは、その金を持って競輪へ行っちまってるよ」

河原は、あたりを見廻したが誰も笑わなかった。

「扇風機だって言うじゃねえか」

河原は、秋本の坐っていたところを顎《あご》でしゃくるようにして言った。自分が話の中心にならないと気が済まないといった男である。

「病人が暑いって言って扇風機を廻したんだって？　そんなことしちゃ駄目だよ。丈夫な者だって扇風機で死ぬことあるからね。あれ、酸欠になるんだよ。心臓の悪い人間はいっぺんだ」

「……」

「仏壇を買うって、俺んところへ金を借りにきたんだよ。気持はわかるけどね。だいたい秋本は見栄っぱりなんだよ」

「そんなことないわ。秋本さんは愛妻家なんですよ」

「おい、茂子。お前は黙っていろって言っただろう。お前、今日はどうかしてるぞ」

「茂子さんねえ、毎晩だっこして寝るのが愛妻家なんですかねえ。そんならお安い御用だ。秋本は、やきもちやきなんですよ。それと臆病なんだ。女房に逃げられやしないかって心配でたまらないんですよ。朝昼晩と、家へ食事に帰るそうじゃないですか。うちには、そんな運転手いないよ。だいたいね、商売仇《がたき》でしょう。競争相手のタクシー会社の副社長のところへ金を借りにくる奴がありますかね。自分のところの社長に借りればいいんですよ。これが、やつがいかに信用がないかっていう証拠じゃないですか。仏壇を買うって言うから、俺もホロッとなって貸したんですよ。俺も人がいいよねえ。だいたい、俺だって、仏間をつくったのは、やっと三年前ですよ。だからね、ああいう人間は見栄っぱりなんですよ。それで貧乏しちまって他人に迷惑をかけるんだ。仏壇なんて一周忌が過ぎてからでいいんですよ。それで金がないってふれまわってるんだから世話はねえや」

河原は残っていた冷酒を呷《あお》って出ていった。岩下は、河原の経営する三光タクシーが、秋本の勤める会社の運転手の引き抜きを策しているという噂《うわさ》があるのを思いだした。秋本は、ひっかかったのではないか。

いつのまにか、兆治がいなくなっていた。茂子は、裏口の暗闇《くらやみ》にむかって、お父さん、と言った。それから、岩下の目を見て、頸《くび》を振った。

「河原さん、ちょっと待ってください」

兆治が河原を追いかける形になっていた。河原が振りむいた。

「おう、なんだい」

「すみません、ちょっと」

そこは、小型トラック一台が置けるような行き止まりの私道であって、家の灯《あか》りが洩れていた。その家ではテレビのお笑い番組を見ているようだった。塀に殺虫剤の広告が貼《は》りつけられている。

「おいおい、勘定は払ったぜ」

「わかってます」

「わかってるって、赤提灯《あかちょうちん》のオヤジに追っかけられるのは体裁が悪いからね」

「ちょっと話があるんですが」

兆治は、つとめて、やさしい声を出そうとした。

「なにか因縁つけようってのか」

「そうじゃありません。……ああいうこと、言わないでください」

「ああいうことって何だい」

「扇風機のことです」

「扇風機って、ああ、あれか、酸欠のことか」

「そうです」

変な噂がひろまってしまうのは、いかにも秋本が気の毒だと思っていた。

「おい、お前、俺に説教しようってのか」

「そんなこと考えていません。ただ、秋本さんが可哀相で」

「可哀相なことはわかっているよ。あれは可哀相な男なんだ。てめえのかあちゃんを扇風機で
……おい、なんだその顔は。やる気なのか。上等じゃねえか」

兆治が一歩前へ出た。河原に向って顔を突きだす形になった。河原の拳《こぶし》が兆治の鼻柱に飛んだ。

「河原さん、秋本さんの家へいらしたことはないんでしょう。酸欠になるような家じゃないんです。雨戸を締めきったって隙間風《すきま》が入るような荒屋《あばらや》なんです」

兆治の頭のなかで秋本の家が見えてきた。玄関に子供の勉強机が置いてあって、そこからの出入りはできない。あとは寝室と台所だけで、二人の娘は改造した物置小舎《ごや》で寝起きしていた。あの寝室にある床の間に立派な仏壇が置いてあるとすれば、いかにもちぐはぐである。そう思ったとき、涙が溢《あふ》れてきて、目のあたりを擦《こす》ると掌に血がついた。鼻の奥がきな臭い感じになって、兆治はなま温いものを嚥《の》みおろした。

「荒屋がどうしたんだ」

「それはいいんですが、どうか、秋本さんのことをあんなふうに言わないでください」

「俺は医者に聞いたんだよ。そういうことがあるって。だから扇風機は危険だって」

河原が歩きかけた。兆治が河原の襟を摑《つか》んだ。

「なにするんだよ、てめえは……」

兆治は、そんなことになりそうな予感がしていた。しかし、拳闘のノック・アウト・シーンのように、自分の拳が、河原の鳩尾《みぞおち》に確かな手応えとともに命中するとまでは考えていなかった。自分で驚いた。河原の体が倒れかかってきた。

そのとき、殺虫剤の広告に使われている水原某という歌手の顔が見えた。なんだって、亡くなった人をまだ広告に使っているのかと思った。あの人も運の悪い人だなと思った。借金とアルコール中毒で駄目になったタレントだった。

兆治は、こういう場面を夢で見たことがあったと思った。しかし、夢で兆治の拳が鳩尾に炸《さく》裂《れつ》したときの相手は、河原ではなくて吉野耕造だった。

岩下は、琺瑯《ほうろう》引きの殺虫剤の広告の下に倒れている河原と、それをぼんやりと見おろしている兆治を見た。外灯が二人を照らしていた。友人のこういう姿を見るのは、ひどく悲しいと岩下は思った。

曇り空にくぐもるような爆発音が聞こえている。兆治は鉄の柱が縦に通っている小さな窓を見あげた。そこに苺《いちご》の形と色とが光るのを見た。続いて、柳の葉と青いダリアの花が散るのが見えた。

男が入ってきた。

「どうもお手数をかけまして……。お世話になりました」

その男は、兆治の客で、しきりにわが社を連発する中村巡査部長だった。

「心配することはないよ。死にはしないだろうから。さっき、茂子さんのほうにも電話をしておきましたよ」

「申しわけありません」

兆治は、また、振りかえって窓を見あげた。

「遠花火ってやつが好きでして」

「しかし、留置場の花火じゃしょうがない。屋上へあがればよく見えるけれども、そういうわけにもいかない」

「あいすいません」

「……」

「私、警察の留置場ってところはもっとひどいところだと思っていました」

「どうして？」

「もっと苛《いじ》められて、絞りあげられるんだと思っていましたけれど」

「きみねえ、遠花火が好きだって言うけれど、花火見物に行ってひどいめにあったりしたことがないとわからないんだよ」

「ひどいめにあったことはないんですが、子供のとき、多摩川へ行って、腰をおろそうと思ったら、糞尿《ふんにょう》が撒《ま》いてあったのに気がついたことはありました。どうも、子供のときから、遠花火が好きで、祭囃子《まつりばやし》も遠くで聞くほうが好きでした」

「それはねえ、花火を近くで見て、怖い目にあったり、お祭へ行って雨に降られたりすることがあったからじゃないの。経験してみないとわからないんですよ。だから、警察だって、怖いばかりの所じゃないんですよ」

「申しわけありません」

「だいたいね、私なんか、人を罰したりする資格なんてないんですよ」

「……」

「私だって悪いことをしてきましたからね」

「本当ですか。まさか、そんなこと」

「だって、終戦後、闇の米を喰ってきましたからね。私は、終戦のとき、闇商売をやっていたんですよ。いまなら犯罪になることをやっていましたよ。泥棒もやりましたよ、畠《はたけ》なんかでね。ソラ豆を取ったり、サツマ芋を掘ったり……。まあ、犯罪でなくても懲戒免職ですかね。警察官なんですから」

「……」

「まあ、冷汗《ひやあせ》の連続ですよ、いま考えますとね。私、一度、私と同じ年代の男に聞いてみたいと思っているんですよ。何か悪いことをしなかったかって。私の結婚だって婦女暴行みたいなもんですからね。田舎にいましたから、夜這《よば》いだってやりましたしね。娘や後家は村の青年たちの共有物だったんですね。だいたい、田舎の結婚式が盛大なのは、共有物を個人のものにしてしまうお詫《わ》びのためだって言うじゃありませんか」

「……」

「私が生まれたところでは、家に娘がいて、男がしのんでこないようでは家の恥だって言われていたんですよ。いま思うと、ゾッとしますね。そんなことだけじゃないんですよ。警察官になってからでも、わが社の器物を持ちだして売っぱらって酒飲んだこともありましたよ。警察官だってそれですよ。みんな、なんかかんか、やってきたんじゃないですか、泥棒みたいなことを。……だけどね、藤野さん、ちょっと手を出してください」

兆治は拳を突きだした。

「だけどねえ、あなた、この手で人を殴っちゃいけませんよ」

「……」

「ふつうの人と違うんですから。自分でどう思っているか知らないけれど、これは一種の凶器ですね。今夜のことだって、間違ったら即死ですよ」

「……」

「悪いやつがいますからね。腹の立つことはあるでしょう。わが社の人間だって殺してやりたいくらいの男がいますよ。でもね、あなたのこの腕は凶器ですね。いくら肩を傷めていたって、あなたはわれらのエースだったんですから」

兆治は、そんなことまで知っているのかと思った。

「藤野さんね、あなたの味方も大勢いるんですよ。まあ、あなたのファンですか。私もその一人ですけれど。敵ばっかりじゃないんですよ。そう思ったら、腹が立っても、おさえることができるんじゃないですか」

「苛《いじ》められると思って来たのに、反対になぐさめられているようで、変な気分です」

「いつか、あなたが河原さんに殴られて、パトロール・カーが出たことがあったでしょう」

「ご存じだったんですか」

「わが社の仕事ですからね。日誌を見ればわかるんですよ」

「油断がなりませんね」

「当りまえですよ。あのときなんか、どう見たってむこうのほうが悪いんですからね。こんどもきっと同じだと思いますよ。しかし、先方が怪我をしたり死んだりすれば、問題は違ってきますからね」

「当然です」

「………」

「悪いことをしたと思っています」

「そうですよ。結果が悪ければ悪いことになってしまうんです。過失致死ということになれば大変です」

花火大会は終ったようで、静かになっていた。

「ところで、藤野さん……」

中村は急にあらたまったような口調で言った。

「あなた、神谷さよという女性に心当りはありますか」

「ええ、知っています」

「どういう関係ですか」

「幼な友だちです」

「それだけですか」

「それだけです」

そう言うのは嘘《うそ》になるのかどうか、兆治にはわからなかった。

「捜索願が出ているんですが、居所を知りませんか」

「知りません」

「本当ですか」

「本当です。わかったら教えてもらいたいんですが」

「困りましたねえ。あなたが知っているはずだと言いはる人がいましてねえ」

そのときになって、兆治は、あることに気づいた。中村と、もう一人の警察官が店に飲みにくるようになったのは、漠然と、なにか近所に犯罪捜査の手がかりになるようなことがあって、その聞き込みに通ってきているのではないかと思っていたが、そうではなくて、見張られているのは兆治自身だった。

「本当に、神谷さよの居所を知りませんか。これは、過失傷害よりももっと重大なことになる可能性があるんですが」

「知らないんです。私も探しているんですから」

「本当に、そうなんですか?」

中村は、はじめて暗い顔つきになった。

第十三話　花すすき

「殺生《せっしょう》はいけないっていうからね、やっと昨日、行ってきたのよ」

秋本は、もう酔っていた。

「どこ？」

岩下が、いつもの奥の席から声を掛けた。

「伊豆の修善寺《しゅぜんじ》ですよ」

「ああ、スカイ・ラインを通って……」

「いや、沼津からです」

「西海岸を通って？　あっちのほうは行ったことがない」

「広岡さんが、あっちのほうが早いって言うもんだからね」

秋本にも、自分が話題の中心になっていないと気がすまないといったところがあった。何にでも口を出す。それに、話が飛ぶのである。第一、その場にいる人たちは、広岡なる人物を誰も知らないのである。

「釣《つ》れた？」

「駄目、駄目。三匹しか釣れない」

「これがそうなのよ。いただいたの」

茂子が冷蔵庫からビニール袋を取りだして岩下に鮎《あゆ》を見せた。

「形、いいじゃないの」

「うん。まあね」

「………」

「パチンコも駄目だったね。やらないつもりでいたんだけんど、一度やったんですよ。まあず、入らない。競輪も駄目ね」

「競輪って、伊東へ寄ったの？　それとも小田原？」

「違いますよ、厭《いや》だなあ」

秋本は口を歪《ゆが》めて笑った。笑ったけれど、焦《じ》れったそうにしていた。

秋本は、細君の四十九日がすむまで、博奕《ばくち》も釣もやらずに神妙にしていたということが言いたいのである。眼目はそこにあったが、決してストレートには言わない。兆治にはそれがわかっていたが黙っていた。

河原や井上が恒例の細君慰安旅行で北海道へ行ったことがある。ジャンボ・ジェット機のトライスターが珍しかった頃のことで、映画館のように大きかったこと、それがどんな揺れ方をしたかといったことを河原と井上とで話しあっていた。

「まるで地震みたいだったなあ。めりめりっていう音をたてて」

いきなり、そう言ったのは秋本である。秋本は、新幹線に乗ったことがないこと、小田原より西のほうへ行ったことがないのを自慢話のように話したことがあって、誰もが秋本がトライスターに乗ったことがあるとは考えたこともなかった。河原は、不愉快そうな顔つきをした。何も知りはしないくせに余計な口をだすなという感じがあった。しかし、秋本は、長女の縁談で、トライスターに乗って札幌へ行ったことがあるのである。茂子がそのことを言った。そのために、河原は一層不愉快になってしまった。

「初《はな》っからそう言ってくれればいいじゃねえか。話の仕様ってものがあるんだから」

この場合は河原のほうが正論に近い。少くとも率直だった。秋本には、タクシー会社の副社長である河原、木材店の社長である井上と、常に対等でありたいという意識があった。もちろん、兆治は、客として対等に扱っていたし、そんなことを意識したことはなかった。しかし、秋本の態度が目立ちすぎると、うるさい感じになった。それに気づいていない秋本が哀れになることもあった。

仏壇のことでもそうだった。河原の言うように、納骨もすまないうちに、そんなにあわてて仏壇を買う必要はない。そのへんの神経は兆治にはよくわからない。しかし、結果は、兆治が河原を殴り倒すという傷害事件にまでなってしまった。これはどういうことなのだろうかと考えていた。

「藤城に高木がせりかけて、俺、①③の車券を持ってたんで、これできまったと思ってたら、矢野が刺してきて①②よう。①②で六百二十円だから、①③だと九百円は固かったね。オッズは千円って出てたけんど」

「なんだ京王閣《けいおうかく》か」

「そうですよ」

「じゃ、あれか。仕事の途中で寄ったんだな」

「最終だけと思っていたからね。俺、ずっとやらないでいたから」

秋本の頭は亡妻のことでいっぱいだった。一日に一度は誰かにその話をしないと気が済まないという状態だった。

「秋本さん、一昨日《おととい》が四十九日だったのよ。それで、ねえ、秋本さん、すっ飛んで伊豆へ行ったのよねえ」

茂子が助け舟を出して、秋本は生色が蘇る《よみがえ》感じになり声が一段と高くなった。

「奇態なもんだよねえ。パチンコも駄目、競輪も駄目。釣も、いっぺんだけ秋川のほうでやったんだけんど坊主でね」

「なんだ、それじゃ、博奕も殺生もやったってことじゃねえか」

「だからよう、駄目だったたって話をしてるんじゃねえか。おめえ、それ、わかる？　おっそろしい、まあ……」

「ああ、すまない。忘れていた。三十五日も四十九日も日曜日ごとになるんだったね。兆治、お前、行ったのか」

「誰も来やしませんよ。来やしねえなんて言っちゃいけねえか。内輪で親戚《しんせき》だけでやったんだから。大袈裟《おおげさ》に見栄はることもないしね。ねえ、兆治さん、そうでしょう」

「……」

「そんでもねえ、近所の婆さん連が来てねえ。来年から山菜が喰えないのが残念だって」

秋本の妻の鈴子は山歩きの好きな女だった。山菜を採って近所の人に配るのが唯一の趣味だったとも言える。

「うんとこさ背負って帰ってくる姿が目にめえるようだって……」

秋本は、うっすらと涙を溜《た》めていた。

「伊豆の山ん中を運転していてもね、いま、ウドの花なんか咲いてんでしょう、白い花が。あれ見んと、どうしても、おっかあのことを思いだしてねえ。いつだって、二人で、いま時分、山へ行ってねえ、目えつけとくんですよ。そうしねえと、春になってもわかんねえから」

兆治は、あやうく、もういい加減にやめなさいよと言いそうになった。

「ウドはうめえからねえ。山菜ったって、ふんとにうめえのはウドと楤《たら》ん棒だけだかんねえ。ところが、いまは商売人が入ってくっからねえ。楤ん棒なんか根ごと持ってっちまうからよう。目えつけといたって駄目なのよ。よっぽど奥へへえんねえと……」

「……」

「おう、兆治よう、おめえ、どうかしてんのか。さっきっから、ぼうっと突っ立ってるだけで。何も言わねえで……」

「さあ、秋本さん、そろそろ……。明日また早いんでしょう」

「おっかあみたいなことを言わないでよ。奥さん、兆治は体の具合でも悪いのかねえ」

「そんなことないわ」

「毎晩可愛がってくれる?」

「秋本さんとは違うわ」

「こっちは空き屋んなっちまったから。また伜《せがれ》のバット抱いて寝るか。バットもいいけんど、秋になると、だんだんつべたくなってね」

茂子が吹き出して、秋本はそれで気が済んだようだった。

直接の原因が秋本にあったことを彼のほうは知らない。岩下も知らないかもしれない。兆治は取調べのあった時のことを思いだしていた。いまでも腰のあたりが痛い。板の間《ま》に一枚の毛布で寝ていたのだから、そういうことになる。忘れようと思っても、腰痛が、思いをそっちのほうへ引っぱってゆく。

留置場での起床時刻は六時半だった。もっと早いと思っていたので、気が抜けるような感じもあった。

それから床を掃き、雑巾がけで掃除をする。便器を洗い、拭く。留置場の便器には便座がない。兆治は、尻がすっぽりと収ってしまうようで勝手が悪かったが、同室の暴走族だという少年が、和式の便所のように上にまたがってしまうのを見て、それに習うことにしたが、やはり安定しないで落ちつかない。そんなときには早く帰りたいと思う。

八時半に朝食になるが、遅くとも、その三十分前に上厠《じようし》しないといけない。それが作法だということを知った。そうでないと、室内に臭いが充満してしまう。

小窓から差しいれられる朝食は、ヒジキの煮つけと味噌汁と飯である。祖母からヒジキは刑務所のお菜だと聞かされたことがあるが、このヒジキは本当にヒジキだけで、油揚げと一緒に焚《た》くというようなものではない。

一日でも三十分でも早く入った者が先輩であり、社会的な地位とか犯罪の種類とは無関係である。だから、兆治は、ずっと掃除は自分一人でやらなければならなかった。暴走族の少年は、見ているだけである。

朝食のあと取調べがはじまる。看守が番号を言って呼びだしにくる。

「あなたは、神谷さよという女性を知っていますか」

担当の小関警部は、中村巡査部長と同じことを言った。

「知っています」

「どういう関係ですか」

「幼な友達です」

「家出をして捜索願が出ていることを知っていますか」

「知っています。私たちの仲間で、ずいぶん探したんですから」

「神谷さよと肉体関係がありましたか」

「………」

「どうなんですか」

「あのう、ちょっとうかがいます。私は、河原さんとの傷害事件で留置されたと思っているんですが、これは別件逮捕ですか」

「訊《き》かれたことだけに答えてください」

「……」

「ああそうか。別件逮捕だと思っていてもいいですよ。どうですか、神谷さよと肉体関係がありましたか」

「……」

「ああ、いいんですよ。訊かれたことに何でも答えなくてはいけないということはないんです。黙秘権ですか。それも認められているんです。ただし、答えないと、そうですね、来年の正月はここで迎えるということになりますね。殴ったり水をぶっかけたりなんてことはやりません。ただ、ここに居てくれればいいわけです」

これは脅迫の一種ではないかと思ったが、小関の言うことが無法だとは思われない。職務に従っているだけだと兆治は解釈した。

兆治は、河原に脾臓《ひぞう》破裂という大怪我を負わせたのだから、入院費用の負担はもとより、ある程度の実刑が科せられることは覚悟していた。しかし、さよのことで留置されるとは思ってもみなかったことだった。

そういう取調べが二日間続いた。兆治は沈黙を続け、小関は同じ質問を繰りかえし、午前一時を過ぎて、やっと解放された。兆治は係官の執拗《しつよう》なまでの熱心さに驚いた。あきれかえるほどだった。だから、兆治の留置場の印象は、ただただ忙しい所だったということになる。昼食と夕食は差し入れのものを食べたり、自分の金で丼物《どんぶりもの》をとることもできたので、格別に、困るとか不味《まず》いということはなかった。また、眠れないということもない。係官との間の緊張関係だけが続いていて、片時も油断がならないのが忙しいという印象になった。

さよとの関係を告白しても、いまさら別にどうということもないと思われてきた。兆治は、何か茂子に悪いというような気がしていた。それも、考えてみれば、済んでしまった昔のことであるし、男なら誰にでもあるような些細《ささい》な事件だった。

「神谷さよと関係があって、それで結婚するつもりでしたか」

と、小関が言った。

「そこまでは考えていませんでしたが、いずれそうなるだろうという予感のようなものはありました。なにしろ、学生ですから収入はありませんし、さよはまだ十六歳だったんです」

「わかります。そうだと思います。それで、そのあとで、神谷久太郎との縁談があったんですね」

「そのとき、私は二十五歳で、電気工場に勤めたばかりだったんです」

「どうして断らなかったんですか。あなたは安月給でもあったし、さよと結婚しても不思議はないでしょう」

「気遅れだったんだと思います。長いあいだ、子供のときから、ひどい貧乏暮しが続いていまして、私は金持にコムプレックスがあったんですね。恥ずかしい話ですが、金持に憧《あこが》れがあったんだと思います。さよのところも同じでした。いや、両親がいませんから、もっと惨《みじ》めな生活でした。それで、こう思ったんです。好きあっている二人のうち、どっちか一人が仕合せになるんなら、それでいいじゃないかって。神谷鉄工は、あのあたりでの大地主ですし、久太郎さんが固い男だっていうのも知っていましたから」

「とりあえず、二人のうち一人が幸福になればいい……」

「そんな感じでした」

「そこが問題なんですがね。おかしいじゃないですか、そういう考え方は」

「おかしいです。私もそう思います。しかし、それは、いま考えれば、ということなんですね。いまの自分の年齢で考えれば、おかしいんです。また、いまの時代になってみれば、ということなんですね。私んところは、戦前は東京の下町に住んでいたんですが、空襲で二度焼かれましてね。家財ってものが何もなかったんです。父は戦死していましたし、どうやって生活していたのか、まるっきりわからないんです。多分、祖母が、このへんに土地を少し持っていましたんで、それを切り売りしたり貸したりしていたんでしょうが、子供ですから、何もわかりません。ですからね、神谷さんみたいな大金持でなくてもいいから、とにかく安定した暮しに憧れていたんですね」

「二人のうち一人が……。で、その相談をしたときさよは泣きませんでしたか」

「泣きました。死ぬって言いました」

「二人のうち一人が幸福になるっていうのは、あなたが幸福になるっていうことでもいいわけですね。あなたが、大金持のところへ婿養子に入る。相手の娘さんは病身である。その娘が死ねば、さよが入ってこられる。そんな筋道も考えられますね」

「………」

「神谷久太郎が結核患者であったことは、あなたもさよも知っていましたね」

「……違います。絶対にそんなことはありません。私は、ただ、自分の目の前にいる、自分の愛している、いや、自分に親しい女が幸福になれる、何不自由のない、私が憧れていた生活に入れるって、そのことだけを考えていたんです。そんな時代だったんです。私は若かったんです。それで、私が説得したんです」

兆治は、思いがけず、愛しているという言葉が出てきて、顔が火照ってしまった。

「ところがね、さよは出るに出られない。仕方がなくて、神谷鉄工に勤めたばかりの青年と駈落ちをした。そうすれば、あなたが迎えにきてくれると思った。さよは、久太郎も、その青年も好きではなかったんです。しかし、久太郎は離婚してくれない。当時、久太郎とさよは何度も会っているんですね、実は。神谷さんから聞いたんですから、間違いがありません。神谷さんは、会うたびに戻ってくれと懇願したんですね。さよは厭だって言ったそうです。それは、あなたのことが忘れられなかったためですよ」

「違います。そんなことはありません」

「さよは説得に負けて帰ってきた。それから、こんどは家に火をつけた。大地主といったって、案外、現金はないもんです。保険金を持って、また家を出た」

「違います。さよはそんな女じゃありません。それに、保険金が入ったのは、もっと後のことです」

兆治は叫んでしまった。初めて警察は怖い所だと思った。

「いや、いいです。いままでの話は私の想像です。しかし、こんなに長く家を出ていられるというのは、ある程度の金を持って出たと推測する以外にないですね。神谷さんは金のことは何も言いませんけれど、それが警察の、いや、世間の常識です。女ですから、ドヤ街には泊れない。着るものだって必要です。……もうそれはいいです。あなた、ね、さよが家を出てから、彼女に会ったことはありませんか」

「………」

「ここなんですよ、問題は。正直にいってください」

「………」

「兆治は会っているはずだって、河原さんも神谷久太郎も言うんですけれどねえ」

「………」

「それから、客が帰ったあとで、さよと電話で連絡しているとも言うんですがねえ」

「そんなことはありません」

事実、客が帰ってしまった遅い時刻に、電話機の鳴ることが何度もあった。信号音は三度で止まった。ということは、間違い電話ではなくて、受話器のそばに兆治がいることを知っている人からの電話であることを意味していた。信号音が鳴り終ったときに、兆治は、そこから女の啜《すす》り泣きが洩れてくるように思うことがあった。

「神谷さよは、どこかこのへんのキャバレーに勤めているという情報があるんです。噂《うわさ》程度のものですけれどね。それで、あなたと岩下さんに電話で話をしているという……」

「話って何でしょうか」

「さあ、何でしょうかね。もとへ戻りますが、あなたは、捜索願の出たあとさよに会ったことがあるでしょう」

「………」

「自分に不利になることは話さなくていいんです」

「……」

「ただ、前にも申しあげたように、今年の大晦日《おおみそか》と正月は、ここで迎えることになるんです。なんでしたら桜の咲く頃までいてもかまいませんよ。こっちは商売ですからね、いくらでも待ちますよ」

店は締めていたが、茂子に、一日に一度は煮込みに火をいれるように言ってあった。しかし、茂子にしても、閉店している店に顔を出すということが何日続くだろうか。あたりいちめん黴《かび》くさくなって、棚にも土間の隅にも埃《ほこり》が溜《たま》っている光景が浮かんできた。

小関の取調べが、そのあと三日続いて、兆治は、去年の九月の初めの、梅雨どきのような霧しぐれの宵のことを、思いだせるままに、正確に小関に告げた。さよが訪ねてきたこと、振りむいてさよの手を摑《つか》もうと思ったとき、すでに彼女がいなかったこと、さよの名を叫びながら追いかけたこと。

兆治の留置場暮しはそれで終った。店は六日間締めただけで、もと通りの生活が始った。かえって店は繁昌《はんじょう》する気配があった。岩下などは、

「お前ん所で飲む客は殴り殺されるからね。もっとも、前科一犯の赤提灯《あかちょうちん》っていうのも貫禄《かんろく》があっていいかもしれない」

などと平気で言うのである。

兆治は、自分でも少し人柄が変ってしまったように思っていた。以前にもまして無口になった。自分のなかにある凶暴なものを警戒する感じにもなっていた。それよりも何か落ち込んだ感じになっているのが辛《つら》かった。それは、河原やさよの失踪《しっそう》事件のためではなかった。むしろ、兆治は、いまが一番幸福なのではないかとさえ思っていた。茂子は妻として申しぶんがない。二人の娘は健康で素直である。岩下をはじめとして、友人も客も、みな親切である。店は賑《にぎ》わっているし、町の人に愛されている。これ以上、何を望むことがあるだろうか。

兆治は、いつものように、朝、店へ出て、掃除をして、煮込みに火を入れる。留置場以来、かえって生活は規則正しくなった。駅を通り越して、天神様の崖《がけ》っぷちまで歩く。この頃は、そこから、多摩川方面へ向う。稲はまだ色づいてはいない。今年は遅いようだ。

昔は、そのあたり、いちめんに薄《すすき》の原だったが、いまでも工事現場や城山の前の原や畦道《あぜみち》のあたりにそれが残っている。薄でも、穂立ちの良いのとそうでないのとがある。兆治は、いつでも、穂の貧弱な薄を見ると不幸な女を連想してしまう。競走馬でもそうだ。尾の貧弱な馬を見ると、不運な女のようだと思ってしまう。これに反して、栗毛で豊かな尾を左右に振っている馬を見ると、情が深くて逞《たく》ましいような女に似ていると思ってしまう。

留置場にいたとき、茂子の夢は見なかったが、昼間でも、絶えずさよの姿が目の前でちらちらしていた。それは朝から夜中まで小関に追及されたせいであるに違いない。兆治の忘れてしまいたかったことを、無理矢理に掘り起こされているような毎日だった。

さよは、尻が剝《む》きだしになってしまうような、薄い短いスリップのようなドレスを着せられていた。下穿《したば》きはもとより乳首まで透き通って見えていた。そういう恰好《かっこう》で、さよは、電話機の前でうろうろしていた。掛けようか掛けまいか迷っているようだった。ひどく幼い感じに見えた。三十七歳になるというのに。

さよは、穂立ちの豊かなのと貧しいのと、どっちの薄なのだろうか。兆治は、右の掌で、さよの感触を思いだそうとしていた。やわらかいけれど、密なるものではなかった。しかし、さよは、兆治の知っている女の誰と較べても激しかった。もしかしたら、小関警部の推測の半分は適中しているのではないかという気もしてくるのである。そうだとすれば、世間の常識からすれば、類のない悪女だということになる。

霧しぐれの宵に、さよはどんな思惑があって兆治を訪ねてきたのだろうか。そのとき、さよは、伝吉さん、あんたが悪いのよ、と言った。

「そうじゃないよ、さよちゃん。きみが神谷久太郎を選んだんじゃないか」

兆治は、陽に光って波のように見える薄の原に向って口のなかで叫んだ。どうも、女ってやつは。どうも手に負えないな、女ってやつは……。

その薄の原に、薄をかきわけるようにして歩いてくる老人が見えた。それは松川だった。いつのまに、こんなに老けちまったんだろう。ゆっくりゆっくり、洗面器の水を捧げ持つような恰好で近づいてくる。

「おやじさあん、ここです。兆治です」

晴れているけれど風の強い日だった。松川が両手で捧げ持っていた群青の球形のものが南瓜《かぼちゃ》であることがわかった。

「家のほうへ行ったら店へ出てるって。それで店へ行ったらいないでしょう。天神様で一休みしようと思ったら、お前らしい姿が見えるじゃないか。こんなところで何してるんです」

松川は、せきこむような調子で、そこまでを一息に言った。

「それ、くださるんですか。そんな重いものを持って。家へ置いてくだされればよかったのに」

「いやね。重いものを持っているほうが風に吹き飛ばされなくていいんだ。……あとね、ジャガイモとトマトは家のほうに置いてきた。この頃ね、店は若い者にまかせちゃって、こんなことやってんだ」

「畠仕事《はたけしごと》ですか」

「娘の嫁入り先が百姓でね。その隅を借りてね、ああ」

「……」

「お前も大変だったな。……見舞いにも行かねえで。……あんな野郎、俺だって、ぶん殴ってやりてえと思っていたんだ」

「……」

「これ、出所祝いだ。鉈《なた》で割んなきゃ割れないが、こういうのがうまいんだよ。それからよう、誰かと喧嘩《けんか》したいと思ったら、うちへ来い。いいか、わかったか、おい」

「……」

「おい、兆治よう」

最終話　藤ごろも

「曙町《あけぼの》のキャバレーのホステスで、サリーという女の子がいるのを知っていますか」

と、越智が言った。客は誰もいなくて、茂子も帰っていた。越智は隅の席にいて、兆治と二人きりになってしまうのを待っていたようだった。

兆治は、うしろむきのままで酒を飲んでいた。

「知りませんね」

「ほんとですか？」

「キャバレーなんか行かないもんですから」

「………」

「店がありますからね。十一時やそこらまではやっていますから。お客さんがいらっしゃれば、十二時一時までってことになります。提灯《ちようちん》は、九時には消して店の中にいれますが」

「ああそうか」

「とても行かれません」

言葉が強《きつ》くなってしまったように思われて、兆治は冷蔵庫から蕎麦《そば》味噌を取りだした。

「サービス」

「並木の藪《やぶ》ですか。このあいだ社員旅行で日光へ行ったとき、帰りに寄りました」

「そうです。有田さんのお土産です」

「なんだ、ここへ持ってきたんですか。三箇《こ》も買ったんで変だと思っていたんです」

「どうかしたんですか、そのキャバレーのひと」

「春ごろ、有田さんに連れていかれましてね。会社の話になったんですが、藤野さんの名が出たんですよ。そうしたら、その女性、顔色が変りましてね。体がビクッと動いたんです」

「……………」

「藤野伝吉さんでしたね」

越智は、保健所の営業許可証を見あげるようにした。

「その女性、はっきりと、藤野伝吉という名前を言いましたよ」

「有田さんは？　そこに有田さんがいたんでしょう」

「有田さんは眠っていたんです。初め、藤野さんの話が出たとき、その女性、サリーっていうんですが、体が慄《ふる》えだしましてね、どこかへ行っちまったんです。しばらくして席へ戻ってきたとき、有田さんは眠っていたんです。それで、たしか、藤野伝吉さんはヤキトリ屋をやっているって言いましたよ。間違いないです。そう言いました。それから、急に、ウイスキイをストレイトで呷《あお》りだしたんです」

「何歳ぐらいですか」

「三十七歳だって言ってました」

「……」

「ウイスキイをコップに注いで、一息に飲みましたよ」

兆治が越智のグラスに氷をいれた。越智は兆治の目が赤くなっているのに気づいて黙ってしまった。虫の声が高くなった。焼き台の前にいるので顔は火照っているが、腰のあたりが寒い。

兆治は、窓と裏の入口を締めた。その兆治の背中にむけて、越智が唐突に言った。

「結婚を申しこんだんです」

「……えっ？」

「サリーに結婚してくれって言ったんです」

「……」

「実は、その晩、ややこしいことになってしまって、サリーの部屋に泊ってしまって……。それから、私、虜《とりこ》になってしまったんです。思いきって言いますが、私、初めてだったんです。女は最初の男が忘れられないっていいますが、私の場合、どうにもならなくなって……。くやしいんですが、頭が変になって、頭のなかの半分ぐらいをサリーに占領されちまったようで、仕事にならないんです」

兆治は越智に懐しいような感じを抱いた。岩下のボトルを棚から引抜いて越智に注ぎ、自分も水割りにかえた。俺もそうだったと思った。卑猥《ひわい》な××兄弟という言葉が浮かんだが、そういうこととは別の親近感を感じた。

「三十七歳だそうじゃないですか」

「そうです。でも年齢なんかどうでもいいんです」

「で、その女、何て言いました？」

「私には夫もいるし、子供も二人いますって。それでもいいって言ったんですが、とても別れてくれるような夫じゃないって。そのご主人っていうのは、このあたりの人で、大金持だって言いました」

「いつ会いました、その女に」

「三日前です。この頃は休んでばかりいましてね。実は、今日も寄ったんですが、やっぱり、店へ出ていなかったんです」

「お店の人は何か言ってましたか」

「いや、ただ休んでいるって言っただけです」

「……」

「ねえ、兆治さん、あなた知っているんでしょう」

「死にましたよ」

「……えっ？」

「神谷さよは死にました」

「いつ？」

「今朝だそうです。肉屋のオヤジさんが叫び声を聞いたように思って二階へ行ったら、血を吐いていて、医者を呼んだんですが、もう駄目だったそうです」

「……」

「食道静脈瘤《じょうみゃくりゅう》破裂っていうんですか。肝臓からくるやつらしいですね」

「……」

「さよちゃんには捜索願が出ていましてね。行方がわからなかったんです。肉屋の細君が、さ、さよちゃんが岩下に電話を掛けていたのを思いだしましてね。同じ精肉店ですから……。それでわかったんです」

「……」

「でもね、越智さん、よかったと思ってくださいよ」

「よかった？」

「ええ。結婚の相手になるような女じゃないですよ」

「そりゃあ、あんまり残酷じゃないですか。私は三日前に会ったんですよ」

越智は、もともと小柄であるのに、さらに痩《や》せてしまって、目ばかり光っていたサリーを思いだしていた。

「ええ、残酷ですよ。でも、運命じゃないですか」

越智は、カウンターを飛びこえて兆治に殴りかかろうとする気配を示した。

「今日がお通夜なんです。そこの街道に面した大きな家だから、すぐわかりますよ。うちの常連は、みんな行ってます。あなた行きますか？　いや、越智さんは行かないほうがいいでしょうね」

「行かれませんよ。兆治さん、あなたは、どうして行かないんですか」

「私ですか？　私はどうも、ちょっとね」

エミリーの笑子《えみこ》が言った。

「平服でいいって言われるのが、いちばん困るのよね。だって、そんなの、持ってないじゃん。お葬式用の地味な洋服なんて」

エミリーは、黒いウール・ジョーゼットを着ていた。

「あれよ、グレイっぽい着物とか洋服を着ていると、お手伝いもしますっていう意味なのよね。私も持ってないから困っちゃう」

キャッシーの勝子は冬の喪服を着て汗をかいていた。

葬列は、街道から、多摩のハケと言われる崖《がけ》を降り、城山の脇の畔道《あぜみち》を進んでいた。神谷の家から、多摩川べりに出来た火葬場まで、自動車に乗れば五分もかからない。棺をかついで行こうと青年会の連中が言いだした。

「軽いなあ。ほんとうにへえってんのか、これ」

そう言ったのはモッちゃんの茂木である。五十嵐のガラもそう思った。

「まるで赤ん坊だな」

祭が終ったばかりで、万燈《まんどう》を担いだ岩下も、なんだか頼りないものに思われていた。

西郊寺の住職が先頭を歩き、中団にキャバレーの女たちがいて、兆治は、そのあとを歩いていた。空は晴れあがっていて、畔道には曼珠沙華《まんじゆしやげ》がまだ残っていた。

「兆治さあん……」

峰子が城山の坂道を駈けおりてきた。そのあとから重箱の入った風呂敷包みを持ったミーコが来る。

「なんだい、峰子さん、遠足じゃないんだよ」

「だってもさあ、火葬場で焼くったって一時間やそこらは待たされるんだよ」

「なんですか、その大荷物は」

「弁当こさえてきたんでねえの。それと、あとは酒っこだ」

峰子は息をはずませていた。

「さすがだねえ、ママ」

有田が峰子の袂《たもと》を摑《つか》んで言った。峰子は絹物の藤色の着物に黒の帯をしめていた。

「これねえ、十回払いで、まだ一回しか払ってねえの。夏にこさえたんだけど、ちょうどよかった。まにあった。なんか、そんな勘がしてたのよ」

峰子も額《ひたい》に汗が浮いていたが、さらさらした風が吹いて、なんともいい気候である。

「なによ、これ、おらえの田舎の葬列と同じなんでねえの。さては神谷鉄工のやつ、葬儀屋を値切ったな。自動車も来ねえなんて」

甘酸っぱいような匂いが漾《ただよ》ってくる。いま木犀《もくせい》の盛りなのであるが、兆治は、キャバレーの女たちの脂粉が空中にたちこめていて、そのなかに首を突っこんだように思った。

「野木瓜《あけび》が生《な》っている」

とキャッシーが言ったとき、若い佐野が、もう城山の崖をよじ登っていた。彼は、それをキヤッシーに渡した。

「これ、なんだか、商売を思いだしちゃうわねえ」

キャッシーは、笑み割れたばかりの野木瓜の実をちぎって、みんなに渡した。

「あんたの、こんな形？　ああ、いい匂いだ。匂いも、こんなかね」

有田は、それを鼻へ持っていった。

「これねえ、甘いのよ。ぬるぬるしてっけど、とっても甘いの。喘息《ぜんそく》の薬だって」

「中の形は、男のものに似てるね」

「こんなにちっちゃくないわよ。毎晩見てるけどさあ」

「でも、この筋のところねえ。似てるなあ」

「いやだあ」

エミリーが、けたたましく笑った。

「そんなこと言って、しみじみ見ているじゃんか。さわってごらんよ。こんなもんじゃない？」

「あら、ほんと、ぶよぶよしてる」

「実は甘いんですけれど、種を齧《かじ》ってみたことがあるんですよ。苦いのなんのって。とびあがりますよ」

佐野が言った。

「それも女と同じじゃないの。若いうちは、あそこのお液《つゆ》が甘いんだって。齢《とし》とると苦くなるんだって。お客さんがそう言ってたわ」

城山を過ぎたところに、白い木柵《もくさく》で囲まれた乗馬クラブがあった。その乗馬クラブを見おろすような岡があって、小さな公園になっている。棺をおさめるときに、越智だけが声をあげて泣いた。

「ねえ、兆治さん、みんな聞いたわよ。色男なんでねえの、あんた」

公園のベンチに坐っていると、峰子が近づいてきた。

「誰に聞いた？」

「岩下さんが、ゆんべはもうベロベロでねえ。みんな、くっちゃべっちゃった。やい、おい、兆治、色男、一杯飲め。さ、ほれ。一杯飲んで歌っこ歌え……。さ、おめも泣いてばかりいねえで、一杯やれ」

魔法瓶にいれた燗酒《かんざけ》を峰子は越智にも注いだ。

「さよは久太郎にこう言ったそうです。いまでも伝吉さんが忘れられないって。これは理窟《りくつ》じゃありません。どうにもならないって。胸が痛くなって体が疼《うず》くようで……。だから久太郎のところへ帰れないって言ったそうです」

捜査係主任の小関警部が言った。

「これは、あれ、なんて言いましたっけね、あの歌。どうもそっちのほうは、からっきし駄目でして。ええと、そうです、『夢追い酒』ですか。……あなたなぜなぜ妾《わたし》を棄《す》てた、ええと、それから、最後が、夜の酒場で一人泣く、ですか。もっとも、酒場に勤めているかどうかわかりませんが、女が家出すれば、まあ、そのへんですね」

「捨てたわけじゃありません」

兆治は、あの頃のほうが、いまよりも大人っぽかったような気がする。分別臭いところがあった。さよがシンデレラのように思われ、彼女だけが幸福になればいいと自分にも言いきかせた。

しかし、それだけではなかった。さよと所帯を持つということに、ちょっぴり不安もあった。

「ところがですね、釣《つ》りあわぬはナントカって言うじゃありませんか。よくあるんですよ、そういう例は。お姑《しゅうとめ》さんとうまくなかったんですね。そのうちに、女は魔物なんでしょうか。これまあ、魔がさすってこともあるんでしょうねえ。従業員の青年と駈落ちをしたんですね。これもうまくいかない。いよいよ、藤野さん、あなただけが自分の男であると思いつめるようになったんじゃないですか」

「なんと言っていいか……」

「さよは、ずいぶん頑強に抵抗したらしいですね。むりやり久太郎に連れもどされたんでしょう。納得はしていなかったんですね。それで、事故性格って言うんでしょうか。男でも女でも、事故を起しやすい質《たち》の人がいますからね。あんな大事件になるとは思わなかったけれど、何かで注目をひきたいような、そんな気持が無意識のうちに働いたんじゃないでしょうか。こうなると八百屋お七ですが、火事になるのを漠然と期待するような……これは穿《うが》ちすぎでしょうけれど、それが女なのかもしれないという気はしますね」

そんな馬鹿なことがあるものかと兆治は思った。

青年会の連中が、さよの好きだった『小桜』を歌ったのがいけなかったのかもしれない。キャバレーの女たちが張りあうようにして歌いだした。

〽若い二人が　初めて逢った
　真実《ほんと》の恋の物語

蒼《あお》い顔をした神谷久太郎が、ゆっくりと歩いてきて兆治の隣に坐った。

「若草さんでしたね。私にも一杯飲ませてください」

「あら、神谷さんは飲めなかったんでねえの」

「いや、そうなんですが、ゆうべは、だいぶ飲んじまったんです」

「わかる、わかる、神谷鉄工。おめも飲んじまえ」

「酒で救われることもあるんですね。酒で死んだ女もいますが」

久太郎は熱燗の酒を顔を顰《しか》めて半分ばかり飲みほした。

〽君恋し　思いは乱れて
　苦しき幾夜を　誰《た》がため忍ばん

「あいすいません、どうも……」

兆治は、歌っている連中のほうを見た。

「かまいませんよ。今日は母は来ておりませんし。……それから、兆治さん、あなたには、いちばん迷惑をかけました。だけども、いつでも、あなたに逢いたがっていたんですよ」

「申しわけありません」

越智が妙な顔で久太郎と兆治とを交互に見た。

「おかしな女でしたけれど、私は、めぐりあえてよかったと思っています」

「おかしな女じゃありません」

越智が呶鳴《どな》るような声で言った。

「カラオケのセットを持ってくればよかったねえ。ねえ、ミーコ」

「まさか、お葬式にカラオケなんて」

「いいんでねえの。西郊寺の和尚《おしょう》だって、あれ、好きなんだから。『東京ナイトクラブ』なんか裏声でやっちまうんだから」

〽冷たくなった私を見つけて　あの人は
涙を流して　くれるでしょうか

「まあ、まあ、『アカシヤの雨が止《や》むとき』なんて、うちの青年会は、ちょっと古いんでねえの。あの連中、なんかヤケッパチみたいね。ああ、岩下さんまで歌っちまって」

「……………」

「おめ、越智さんつったけね。もっと飲め。もっと飲んで泣け、ほら。泣き男がいねでは葬式の感じがでねがら」

〽忘れたことなど　一度もなかったわ
　いろんな男を知るたびに

………

兆治は不思議に涙が出なかった。むしろ、秋晴の空の下で昼酒を飲んでいると、体に力が湧《わ》いてくるような気がした。

その蒼空にひとつだけ浮いている雲のあたりにさよの顔が見えてきた。さよは少女のように見えた。薄い、丈の短い、尻が丸出しになったスリップのようなドレスを着せられて、さよは、電話機の前でうろうろしていた。焦《じ》れったそうに足踏みを続けている。

「くだらねえなあ、この世の出来事は」

兆治は、酔った頭で、ぼんやりと、そんなことを思っていた。

遅くなって、中村巡査部長と、もう一人の若い巡査が飲みにきた。

「いま、お線香をあげてきたところです」

「神谷さん、どうでした」

「酔いつぶれて寝ていました」

「飲めない人ですからね、元来」

「そのかわり、青年会の人たちで賑《にぎ》やかでした」

「いま、青年会は、もう無いんですよ。さよちゃんの家出で、また復活した感じになりましてね。あの連中は、ずいぶん働いたんですよ」

「いや、どうも、藤野さんにはご迷惑をかけてしまって。こっちは役に立たないで最悪の結果になってしまって、申しわけないことをしました。正直に言いますが、あなたをマークしていたんですよ」

「小関さんからうかがいました。疑われても仕方がないと思いました。……何か焼きますか」

「タン、ハツ、レバー。塩で。……どうもね、みすみす、こっちで殺しちまったようなもんで……。あんなに近くにいるとは思ってもみませんでした。お恥ずかしい次第です。それにしても曙町とはねえ。ついつい暴力バーのほうへ頭がいっちまって……」

「新宿のですか」

「曙町にもあるんです。いや、まったく手抜かりでした。さよさんのいたキャバレーへも行ったんですよ。あの加藤っていうママさんが強《した》か者でしてね。むかし、ベースのオンリーでしてね。うちじゃ家出人なんか雇わないって凄《すご》い剣幕だったそうですよ。なかなか協力してくれる女でもあるんですがね」

「運命ですよ。……かりに探しだしたとしても、素直に神谷鉄工へ帰ったかどうか。それに、肝硬変から静脈瘤ってのは駄目なんじゃないですか。なにしろ、ウイスキイのストレイトを浴びるように飲んでいたっていいますから」

「そう言ってくださると、かえって恐縮します。力が足りませんでした。神谷さんのお母様にもそう申しあげたんですが」

焼きものがなくなり十二時を過ぎた。

「そのオフクロさんは、どうでした。焼き場には見えなかったんですが」

「半病人でしたよ。ご機嫌ななめでしてね。家に火をつけて、家出してピンク・キャバレーに勤めて、今度は変死体で帰ってきたって」

「まあ、そうおっしゃるのは無理もないですね」

「久太郎が甘いからいけない、あんな女のどこがいいのかって、さんざんでした。うちの嫁はどこまで恥をかかせる気かってね。それで、実は遅くなったんですよ」

電話が鳴った。どういうわけか、二人の刑事は身構える感じになって兆治を見た。

兆治はコップを持ったまま、のろのろと立ちあがった。

信号音は三回で止《や》んだ。

鳴り終ったあと、兆治は、フューッという女の啜《すす》り泣きが受話器から洩れて聞こえてきたように思った。

あとがき

家の近くに、赤提灯《あかちょうちん》の店がある。毎晩、そこへ飲みに行って客の言葉を記録し、日記ふうの小説が書けないだろうかと、考えたことがある。

『波』編集部から連載小説を依頼されたとき、準備期間が一ヵ月ばかりしかなかった。私は自分の思いつきに頼らざるをえなかった。

赤提灯のモツ焼き屋を居酒屋とすることに抵抗があり、『波』連載当時は単に「兆治」としていたが、一本にするに当って意味をハッキリさせるために、あえて「居酒屋」を冠することにした。

昭和五十四年の夏というのは、カラオケ酒場が猖獗《しょうけつ》をきわめる寸前であって、カラオケ・セットを買って家で練習するサラリーマンの姿が、たえず頭のなかにあった。この小説を書いていると、

〽あの人どうしているかしら

という『おもいで酒』のメロディが流れてきて、しょせん、恋愛とはそういうものであるにす

ぎないという思いが去来した。
第9頁の『小桜』は、国立《くにたち》市在住の郷土史家、原田重久先生の著書から借用した。
第82頁の、

あきらめは天辺の禿《はげ》のみならず
屋台の隅で飲んでいる

という短歌は、山崎方代氏の作である。

P+D BOOKS ラインアップ

おバカさん	遠藤周作	●純なナポレオンの末裔が珍事を巻き起こす
焰の中	吉行淳之介	●青春＝戦時下だった吉行の半自伝的小説
親鸞 1 叡山の巻	丹羽文雄	●浄土真宗の創始者・親鸞。苦難の生涯を描く
天を突く石像	笹沢左保	●汚職と政治が巡る渾身の社会派ミステリー
浮世に言い忘れたこと	三遊亭圓生	●昭和の名人が語る、落語版「花伝書」
居酒屋兆治	山口 瞳	●高倉健主演作原作、居酒屋に集う人間愛憎劇
小説 葛飾北斎（上）	小島政二郎	●北斎の生涯を描いた時代ロマン小説の傑作
小説 葛飾北斎（下）	小島政二郎	●老境に向かう北斎の葛藤を描く

P+D BOOKS ラインアップ

（お断り）

本書は１９８６年に新潮社より発刊された文庫を底本としております。
あきらかに間違いと思われるものについては訂正いたしましたが、
基本的には底本にしたがっております。
また、底本にある人種・身分・職業・身体等に関する表現で、現在からみれば、
不当、不適切と思われる箇所がありますが、著者に差別的意図のないこと、
時代背景と作品価値とを鑑み、著者が故人でもあるため、原文のままにしております。

P+D BOOKS

ピー プラス ディー ブックス

P+Dとはペーパーバックとデジタルの略称です。
後世に受け継がれるべき名作でありながら、現在入手困難となっている作品を、
B6判ペーパーバック書籍と電子書籍で、同時かつ同価格にて発売・発信する、
小学館のまったく新しいスタイルのブックレーベルです。

居酒屋兆治

2015年5月25日　初版第1刷発行
2024年6月12日　第6刷発行

著者　山口 瞳
発行人　五十嵐佳世
発行所　株式会社　小学館
〒101-8001
東京都千代田区一ツ橋2-3-1
電話　編集　03-3230-9355
販売　03-5281-3555
印刷所　大日本印刷株式会社
製本所　大日本印刷株式会社
装丁　おおうちおさむ(ナノナノグラフィックス)

ISBN978-4-09-352215-1

P+D BOOKS